U0575493

倪田金——

著

与远方

北方文艺出版社

·哈尔滨·

图书在版编目（CIP）数据

诗与远方 / 倪田金著. -- 哈尔滨 ： 北方文艺出版
社, 2025. 4. -- ISBN 978-7-5317-6492-2

Ⅰ. I247.7

中国国家版本馆CIP数据核字第2024VZ7019号

诗与远方
SHI YU YUANFANG

作　者/倪田金
责任编辑/王　爽　　　　　　　　特约编辑/陈长明
装帧设计/汲文天下

出版发行/北方文艺出版社　　　　邮　编/150008
发行电话/（0451）86825533　　　经　销/新华书店
地　址/哈尔滨市南岗区宣庆小区1号楼　　网　址/www.bfwy.com

印　刷/河北盛世彩捷印刷有限公司　　开　本/880×1230　1/32
字　数/132千字　　　　　　　　　印　张/7.625
版　次/2025年4月第1版　　　　　　印　次/2025年4月第1次印刷

书　号/ISBN 978-7-5317-6492-2　　定　价/67.00元

目录

外婆的手杖　　　　　/ 001

会稽山的芦苇　　　　/ 018

遇见　　　　　　　　/ 029

越王剑　　　　　　　/ 046

篝火　　　　　　　　/ 065

太极鱼　　　　　　　/ 082

会稽山居　　　　　　/ 099

红杉林　　　　　　　/ 148

迷途的人　　　　　　/ 166

陆家村的古道　　　　/ 182

千年古酒　　　　　　/ 201

爱的教育　　　　　　/ 215

后记　　　　　　　　/ 233

外婆的手杖

1987年7月，孙国民从越州师范学院中文系毕业，被分配到了会稽山中学。卢雪是他的女朋友，越州师范学院英语系的大三学生。从孙国民于1988年5月发表在《越州晚报》副刊上的诗《春天的风》中，可以读到他与卢雪的诗歌情缘。他在1988年4月，受邀参加母校的诗歌节，在校园里遇到了爱写诗的卢雪。他们后来的恋爱故事既有诗的浪漫，又有诗的想象。

1989年4月初，在卢雪毕业前，孙国民邀请她来了一趟会稽山。那天，两个人牵手走在会稽山镇狭长的小街上，陪伴他们的是春风、阳光和沿途的鲜花。他们的恋情轰动了整个小镇，令镇上无数人感动又羡慕。这其中有许多不为人知的不可思议，孙国民心里自然清楚。第二天早上，孙国民走在校园里，就有几个可爱的学生对他说，老师的女朋友真漂亮！一个女生还天真地问老师，她是城里人吧？气质可真好！是的，孙国民见到卢雪的第一印象就是她与众不同的惊艳气质。校园诗歌节结束后，他在回会稽山的客车上构思了一首诗，修改后寄给了卢雪。卢雪在他的诗中读到了自己的影子，并提出了修改意见。不久，孙国民将此诗发表在晚报上。一年后，孙国民大胆地邀请卢雪来会稽山，这是他期待已久的事。他在日记上称之为"人生的里程碑"，意义非凡。为接待卢雪的到来，他做了一些精心准备，准备带她去走的地方，他提前反复勘探。他选择了会稽山小镇那条狭长的千年古街，让她领略山里的风土人情。另一个地方是溪滩，他在写给她的信中曾多次说，溪滩上有唐朝诗人留下的足迹。

这天，她如约来到会稽山，本来说好让孙国民陪她先去溪滩上采花，然后寻访唐朝诗人的足迹，结果溪滩上迷人的野花遍地盛开，鲜艳得如一幅幅亮丽的油画，一直延续到很远的溪边。她兴奋得忘乎所以，在溪滩的草地上来回奔跑，竟忘了时间，错过了返城的客车。晚上，她只好留宿在会稽山。仰望星空时，卢雪动情地对他说："这里有世上最美的夜晚。"他诗人般敏感的心在告诉自己：星月一般纯洁美丽的爱情在会稽山终于真实地发生了。

这天晚上发生的另一件事，是这个故事的开始。当他俩站在溪滩上听着 4 月的春风徐徐吹来，闻着花朵的芳香，他情不自禁地拥抱了她。与他预想的一样，她没有惊恐地拒绝，身子软绵绵地依偎在他怀里。但这醉人的甜蜜相拥并没有让时间凝固，从溪边芦苇中飞出的两只鸟掠过他俩身边，惊叫了几声远去了。她像从梦中突然惊醒，便从他的怀里挣脱了出来。她说，不知道现在外婆在干吗。

他愣了一下，傻傻地问了一句："怎么突然想到了外婆？"

她将了将被风吹乱的头发，在月光下咬着嘴唇点点头，一副楚楚动人的样子。他给她扣上衣服。"是的，我从小与外婆生活在一起。现在，我越是感到幸福，就越会想到外婆。"她说得很轻，但他听得特别清楚。望着远处的夜空，他感觉头上悬着的月亮就像她外婆。

第二天，在小镇客车站告别时，孙国民问出了自己一个晚上思考出来的问题："你生命中最重要的人是你外婆？"卢雪坐在车窗边点点头。在车子开动时，她冲他调皮一笑，补上一句："但这是现在，还不知道将来！"

人生重要的是现在，孙国民懂这道理，将来是现在的延续。

三天后，孙国民收到了卢雪寄来的挂号信。他知道这是一封非同寻常的信，这一年来他们在通信中有了默契。他不用手撕，用剪刀剪开信封。这些在会稽山养成的习惯，他在信中与卢雪坦诚交流过。而且，他告诉她，每一封来信他都编了号，收藏在一个专门的铁盒子里，像图书档案一样规范。卢雪赞同他的做法，说这些好习惯将来在外婆评估他俩的感情时，可以加分。

卢雪在信中告诉他一个重要信息：外婆知道了她去会稽山的事，昨天还专门听取了她的情况汇报。外婆想在5月中旬约见他。她在信中说，刚退居二线的外婆，4月下旬将随几家企业的老总们出国考察，顺便在德国法兰克福与她的女儿和洋女婿见面。法兰克福还有外婆的两个漂亮可爱的混血外孙，他们在读小学。

这是一封简短的信，但信息极为重要。孙国民终于等来了一场爱情上的"生死考验"。他忐忑不安，知道任何感情都有最后的归宿。卢雪想起外婆那天听她感情汇报时的神色，不由得担忧。她隐约感觉到，母亲的离异与远嫁法兰克福，在外婆心里一直留有阴影。"这可能是外婆担忧我们恋爱的最重要原因"，卢雪信中直言不讳地告诉他。这些天她无心写毕业论文，心理上做好了最坏的准备。读到这里，他思路突然断了。卢雪没有告诉他做怎样的心理准备，但他能感受到这封信的沉重。

他担心，外婆是不是要棒打鸳鸯，而且下手会很重？

晚上在寝室的台灯下，他苦苦寻思对策，但一片茫然，束手无策。

他给挂号信编了号：四十七。这一年她给他写了四十七封信，而他写给她的则更多。他突然想到一个问题，他这一年的情感短板——这四十七封信中，他很少与她谈及外婆的存在。不是有心，而是他无意去探询她家里的情况。他也很少主动与她谈论家庭与婚姻，以为这是男女恋爱中水到渠成的事。他们在信上谈论更多的是文学，谈普希金、叶芝，以及朦胧派诗人，谈他们有谈不完的话题的诗歌与文学梦。他们曾在信中交流了三个月，为了搞清楚托尔斯泰与他妻子的爱情魔力。他们又用了近三个月时间，探讨白朗宁与伊丽莎白的爱情神话。但这些都不能让他释怀——他在会稽山陷入的爱情困惑，也是他的许多同龄人的爱情困惑——他曾在《越州晚报》发表反映山村教师恋爱难的报告文学作品，却招来许多山村年轻教师的抨击。原因与卢雪在信中谈及他时说的一样：他总是回避自己的困境，总是不想与她谈远离城市的会稽山，哪怕是山岗上飘过的白云美得如诗如画，他从不在信中与她交流感想。他在心里一直抵触自己身上山村教师的标签。

一天，学校里一位老教师来他寝室闲聊，临走时给了他八个字："知彼知己，百战不殆。"深夜，他打开窗户，会稽山 4 月清凉的山风从溪边吹来，令他茅塞顿开。他想到卢雪外婆久留在心的阴影，那阴影应该是一个人？他现在急需找到令她外婆最痛恨反感的"那个人"。

他把卢雪写给他的四十七封信重读了一遍。她在三封信中讲到了父母离婚的事，但信中的信息都很简单。在他们相识三个月后，她在信中坦诚告诉他，她的父母离异多年，原因不详。父母离异时，她只有三岁，记忆中的父亲十分模糊。在另一封信中，她伤心地告诉他，外婆从不喜欢父亲，这是令她十分痛苦的事。有什么事让她老人家二十年后仍耿耿于怀？走在冬日校园的小道上，这个问题像寝室墙角边穿行的蟑螂，时常在她脑海里一闪而过，打乱她的情绪，让她烦恼不安。但外婆在她面前只字不提父亲旧事，似乎父亲死了二十年。外婆不提，她则不说，她不想让外婆伤感难受。在信中，卢雪最后一次提到父母离异是在一个月前。一天晚饭后，外婆似乎察觉到她在恋爱，郑重告诫她，谈恋爱千万要找一个人品好、有良心的男人。外婆连说了三个"切记"，语气严肃，让她听了不舒服，有一种喘不过气的感觉。虽然外婆没有说到父亲，但卢雪隐约感觉到这番嘱咐一定和父亲有关。她差点儿情绪失控，忍不住想问外婆：当年的父亲到底是怎样的人？她想知道真实的父亲！但外婆披上毛衣，起身回了自己的房间。望着外婆日趋苍老的背影，她痛苦得想放声大哭。

这些信，当初他阅读时像听故事一样，现在他必须在夜深人静的孤灯下反复阅读，像重读经典小说。

"……我从小与外婆生活在一起。我有父亲，但从懂事开始，从没见到过父亲，包括他的照片。父亲应该留下过照片？但外婆与母亲没有留给我。父亲在我记忆中不是想象，是虚无。这些天，我心里很矛盾，不知什么原因，莫名其妙地矛盾。星期六晚上回家后，我与外婆聊到此话题，外婆更是莫名其妙，说我的矛盾心理与生俱来。她说我和我妈是一样的心理——遗传基因。我对外婆说我想知道父亲的情况，外婆粗暴地打断我的话。然后，是她一个人坐在沙发上的长久沉默。一提起父亲，外婆总是神情悲切，保持石雕般的沉默……"

卢雪写这封信的时间是 1989 年 2 月 14 日，西方的情人节，农历正月初九，次日是会稽山中学新学期开学的日子。

4 月下旬，外婆出国考察期间，孙国民写信向卢雪发出邀请，请她再次来会稽山。但此时的卢雪正在图书馆、阅览室忙于查阅资料，焦头烂额地赶写她的毕业论文。她在信中说，忍痛割爱吧，但她没有忘记提醒他——外婆 5 月中旬的约见。一荣俱荣！她在信中告诉他，她同样在寻找对策，包括向师姐师妹们讨教。所以，她在信中重点提醒他，有什么困难或困惑直接在信中交流，而且需及时！于是，他冒险提出，在外婆出国的这些日子，他想去城里陪她。她信中的回复很干脆："不可！我要你在会稽山的溪滩上静心读书，静心思考，心静则明。国民，你现在比任何时候都需要心静！"她要他回到高考前的状态，做到"心无旁骛"准备接受外婆特殊的"大考"。

星期天，他一个人去了溪滩。一路上，他无心欣赏春天的美景，寻思着怎样在她外婆前"扼住命运的咽喉"。他双手在空中比画着怎样扼住命运的咽喉，动作一个比一个灵活漂亮。但到了溪滩上，他放弃了所有的设想。贝多芬的这一名言在大学四年间常被同学们引用，在寝室、教室里争辩人生难题时，许多人都喜欢用此名言作为护身长剑，在人生的荆棘丛林中左右挥斩。但自从被分配到了会稽山中学，孙国民似乎更明白了一个朴实的道理："扼住命运的咽喉"并不意味人掌握了自己的命运，他的毕业分配就是一例。他现在的恋爱同样面临这样的问题——自己的恋爱，结局不由自己掌握。这是人生的荒诞之处。坐在草地上，他呆呆地看着溪滩上自由自在捉着迷藏的春鸟，感叹人在会稽山是唯一不由自己掌握命运的动物。

返回学校时，他突然想到去卢雪家见外婆之前，应该熟悉一下她家的环境，比如她家的客厅、外婆的书房等。他让卢雪给他寄一些她家里的照片。收到他的信的这天下午，卢雪正在图书馆的阅览室一角修改论文，准备下周的论文答辩。她在回信中省略了许多铺垫，直接问他要这些照片干吗。她也没时间等他的回信，于是用挂号信给他寄去了家里的三张照片，并附言告诉他，这都是外婆拍摄的作品。外婆退休后喜欢上了摄影，计划今年秋天去会稽山拍风景。这一定是卢雪的主意，他读着她的回信，忍不住暗自得意——会稽山有一位她熟悉的喜欢写景物的诗人——她在外婆面前喜欢这样介绍他。

卢雪寄来的三张照片分别是外婆养的一些名贵花卉、她家的客厅和外婆的书房。花卉中有他熟悉的会稽山兰花，这是她外婆喜爱的？客厅与他想象的差不多，不论面积还是摆设，但他还是认真地看了：中间是一张红木小圆桌，边上是真皮沙发与红木茶几，墙上挂着一些山水字画，但看不清出自哪些名家之手。他对外婆书房的照片看得特别仔细，说不清为什么。想象中，外婆最后会在书房里约见他，决定他的命运的谈话估计也在书房进行。这些天他总有这奇怪的念头。书柜里整齐排列的书让他眼睛一亮——不是一般的兴趣，是书中自有他需要的重要信息！里边有《鲁迅全集》和西方关于政治经济学的经典著作，以及中外经典小说。外婆不喜欢现代诗歌？书柜里的诗词类书只有《唐诗三百首》与《宋词鉴赏辞典》。书房的写字桌上放着一本《红楼梦》。桌子边衣帽架上挂着一根精致光洁的藤木手杖，引起他的高度兴奋与好奇。他睁大眼，想努力看清楚手杖上的一行小字——像是一首登山的古诗？

他把三张照片一字排列，放在桌上。对着照片，他不厌其烦地想象着某一天走进卢雪的家后，在客厅与外婆寒暄，然后移步到外婆的书房，与她推心置腹地谈话……他收起桌上的照片，开始认真备课。他预想了外婆约见的三个阶段：从进入卢雪家后微笑问候外婆，到正襟危坐地接受外婆的询问，再到无条件接受外婆的最终意见。每一阶段都是人生的决赛，都是恋爱的绝杀。他必须像上教学公开课那样认真对待。此外，他准备了外婆喜欢的唐诗、书法与绘画作品的相关资料，重点选择了王羲之的《兰亭序》和黄公望的《富春山居图》，他从外婆喜欢的书画作品风格上考虑。他还设想了外婆询问的一些细节。如果外婆聊起了文学，甚至诗歌，这是他最期待的，他备好了这两年发表的诗歌作品。如果外婆有兴趣，他会给她详细解读每一首诗的写作背景。他还想再准备一些与政治、经济相关的知识，做到万无一失，有备无患，但最终他听取了办公室教师的建议："外婆关心的不是你的知识结构，应该是你人品。"

这天，他半夜醒来，惊奇地梦见了自己的外婆。他的外婆去世了三年，又拄着手杖回来了。外婆告诉他，想去会稽山的溪滩看风景。他担忧外婆走不到那么远的地方。外婆说，只要有手杖在，最远的地方也不怕。外婆晃了晃手中的手杖，笑得像一个顽童。那手杖像电影中的魔杖，在太阳下一闪一闪发出耀眼的金光。这是外婆新买的手杖？他想起外婆在世时，喜欢由他搀扶着去村口看戏。外婆常在他与舅舅、阿姨之间选择由他搀扶。有一天看戏时，他问外婆这是为什么。外婆听了哈哈一笑："你是外婆最喜欢的手杖。"他梦醒后坐在床上，孤寂地想外婆在另一个世界，这些日子一定没人搀扶她，所以她需要买一根手杖？他这样呆呆地想着，不知过了多久，又迷迷糊糊地睡着了。醒来时，阳光透过窗帘照在他寝室的藤椅上。他发现桌上照片中卢雪外婆书房的手杖，与他梦里见到的手杖，竟然惊人地相似。他惊呆了！

起床后，他把这奇异的梦完整地记录在日记里。

5月上旬的一天，他收到卢雪的信。距外婆约见的日子只剩一周了，他计算着日子。卢雪不想给他增加心理压力，在信中开玩笑："你找到了化解外婆约见的压力的秘方？"他忍俊不禁，在信中写道："找到了，是外婆的手杖。"

他相信卢雪读到此处，一定会感到莫名其妙。他现在不想在信中详细给她解释，也不想告诉她，他在梦里见到了外婆的手杖。他也感到这梦令人好奇，莫名其妙。

　　一天，他刚上完课，接到卢雪打来的电话。她说外婆昨天晚上在去公园的马路上被车撞了，人在医院。卢雪在电话那头说，真是不幸之中的万幸，她身边的树桩救了她一命。医生对卢雪说，外婆回国不到一个星期，还在调整时差。发生意外车祸，也许与近期调整时差导致大脑注意力分散有关。不过，医生劝慰卢雪，外婆左脚小骨挫伤不严重，腰部扭伤只需住院静躺半个月。卢雪在电话里对他说，外婆约见的时间需要往后推迟。

　　静躺在病床上的外婆，没有忘记她的日程安排。她在病床上推进了外孙女恋爱的询问与审核。卢雪在随后的信中这样告诉他。

　　外婆在病床上看完了《红楼梦》第四十九回，合上书，告诉卢雪："如果你真心喜欢他，毕业后你愿意去会稽山工作？这是你目前真实的选择？"外婆退休多年，无力在毕业分配上帮助卢雪，更无力去帮助她男朋友调动工作，把他从会稽山调进城里。外婆凝视着窗外，意味深长地说："那些都是过去的事了。"

　　有一天，护士给外婆上完药，挂好盐水吊针后，外婆对卢雪说出了自己最新思考出的一个惊人观点："世上真正的爱情发生在古代或未来，唯独不是现在。"卢雪感到惊讶，问外婆：

"为什么？"外婆说，这是她读了《红楼梦》悟出的道理，应该也算是爱情的规律。卢雪后来在信中问孙国民："你在师院读书时读过《红楼梦》全书吗？你相信外婆的奇谈怪论吗？"孙国民收到信后不敢怠慢，花了两天两夜粗粗地啃完《红楼梦》，立马回信告诉她："不可信！爱情是时代的产物，每个时代有每个时代的爱情，不同的人有不同的爱情观。"

但外婆在医院的病床上继续与卢雪探讨着爱情的未来。医生进来查房，对外婆说，康复的情况比预期的好。外婆握住医生的手说："谢谢！"医生走后，外婆坐起来对卢雪说："国家会越来越重视人才，市里也一样，但师院毕业生只能是普通人才。"卢雪帮外婆削着苹果，她明白外婆的意思。外婆希望她出国留学，去远在德国的母亲身边工作，但外婆谁来照顾？卢雪说："只要外婆在，我就不出国留学。我妈已经嫁到国外了。"她想到他在信中说的外婆的手杖，灵光一闪，对外婆动情地说，"卢雪是外婆身边的手杖！"外婆一愣，哈哈大笑，连声说："好，好，你是外婆的手杖，是世上最好的手杖。"外婆开心得像小孩在病房里叫嚷。卢雪悄悄背过身去，用纸偷偷擦去眼泪。她已经好多年没有看到外婆这么开心了，她轻轻俯身，脸贴在外婆满是皱纹的脸上，情不自禁拥抱了病床上的外婆。

卢雪在信中告诉孙国民，病床上的外婆思维越来越活跃，看《红楼梦》的速度明显加快了。但对他们的恋爱，外婆始终不予评说。擅长在领导岗位做人事鉴定的外婆，告诉她别急，让他再等几天，她不想在医院里给他们一个定论。

星期天，孙国民收到了卢雪的第五十一封来信。她在信中告诉他外婆下周出院的具体时间，让他提前做好请假准备，并透露给他一个秘密。"绝对不能告诉外婆，将来也不准，永远都不行！"卢雪喜欢用这种不容置疑又略带娇嗔的口吻跟他说话。她在帮外婆寻找参加革命工作的最早证明时，意外地在她房间的小木箱里发现一个记事本。她在提供外婆的干部病历卡时，医院告知，使用部分医疗保险需要外婆参加革命工作的历史证明。卢雪从心底感谢医院的这一规定，她用了一个晚上研读记事本上外婆的思想情感。卢雪在信中说："这是历史性的重大发现！"

记事本是外婆二十多年前参加工作后用的，卢雪用红绸布仔细地将它包了起来。

记事本上写的都是外婆的个人隐私，从道义上讲，卢雪不想阅读里面的内容，但想到外婆越来越年迈，需要她的照料，她越来越需要更多地了解外婆，而她的爱情正等待着外婆的审核，这同样是一件大事。所以，她在信中坦诚说，自古忠孝不能两全，对吧？现实就是这样残酷。她对外婆的认识其实与对他的认识一样，存在着永无止境的问题。

信中，卢雪像讲故事一样讲述了她的发现。她说，记事本上的内容简单，但记事的时间跨度长达二十年，其中有几页被撕掉了。她知道了几个重要的史实。一是她外公的历史，他不是传说中的山东籍南下干部，而是土改时期会稽山一位积极上进的农会干部，因为爱上了城里的知识分子外婆，被组织调到城里工作。但外公在城里工作时竟然有了不可告人的外遇，这是外婆所不能原谅的，触碰了她的道德底线。在"道德底线"四个字下面，外婆用红笔画上一条粗线，十分醒目。

外婆的旁注结论是："好婚姻应该门当户对。古今中外，大概都是如此。"卢雪把外婆这段话特意抄在信中，让孙国民有时间反复咀嚼并研读，并在见外婆之前想好，如果被外婆询问，能拿出什么对策。这多少有点儿像当年高考时语文老师的猜题，孙国民读到此处，双手捂住脸，在台灯下偷笑。

卢雪说，她终于知道了自己的父亲——会稽山一个叫稽南公社的文化站的小站长卢爱军。记事本上有外婆跟父亲第一次见面时的描述："高个子，面目清秀，长相文质彬彬，戴一副黑边眼镜。一个有思想的年轻人，喜欢文艺，爱唱山歌……"这应该是二十多年前的事，也是外婆日记本上关于父亲的最后记载。父亲喜欢收集会稽山民歌，后与母亲相识恋爱，通过外婆在城里的努力，父亲如愿以偿地从山区调到城里的文化馆工作。但结婚不到四年，小站长在城里有了新欢……这是外婆最痛恨父亲的原因？卢雪在信中不得不隐去这段内容，她想以后找机会跟他认真探究这个问题。她在外婆的记事上寻找不到父亲的最后归宿——他与母亲离婚后去了哪里？在城里还是回到了山里？至今是活着还是……她忍不住伤心地伏案痛哭。

　　孙国民准备了会稽山的特产冷水甲鱼与宰杀好的老鸭，去见外婆，与卢雪一起接她出院回家。天亮之前，他与卢雪已牵手走在去医院的路上。

　　他在路上问卢雪："我们门当户对吗？"

　　卢雪一蒙，说：怎么问起这样一个问题？

　　他讪讪说："随意想到的。"

　　"当然门当户对啊，我们还是正宗的同门师兄妹呢。"卢雪哈哈大笑。

　　他担忧地说："外婆会给我下什么结论？"

　　"外婆是给我们俩下结论。"卢雪纠正道，"外婆的结论不重要，重要的是我们自己的感觉。"

　　外婆在医院病房整理好了自己的生活用品，正等着他们的到来。他在病床上看到了外婆的《红楼梦》。一张书签从书中掉下，他发现是自己赠送卢雪的照片。卢雪正想开口解释，外婆说："不用解释。"转而问孙国民，"这些天让照片上的你一直在陪我读《红楼梦》，愿意吗？"

他竟然有些腼腆："愿意，当然愿意。"他红着脸说，难怪这些天经常做梦。

外婆抿着嘴，慈爱地笑了："是吗？想不到你还很幽默。"

他们一行三人出了医院，外婆康复得很好，可以小心地走路。卢雪搀扶着外婆走下台阶。这时，外婆停顿了一下，她的左腿在下台阶时颤抖了一下。他见状，一个箭步上前，搀扶起外婆的另一只胳膊。两个人一左一右搀扶着外婆。外婆开心地笑着，对卢雪说："我们回家吧，外婆今天有两个手杖啦。"

"手杖？"他说。

"对，你也是外婆的手杖。"卢雪笑嘻嘻地告诉他。

他忽然明白，年迈的外婆需要两个手杖：一个是她，另一个是他。

等孙国民醒来的时候，太阳已经出山了。会稽山驶往城里的第一趟客车在半个小时后出发，这时间正好。

会稽山的芦苇

两年前的春节，陈芳从加拿大的多伦多给我寄来国际邮件。她在信中告诉我，这是她最近在美国波士顿的西蒙环球公司出版的画集《会稽山芦苇》。她邀请了法国当代画家莫达尔作序。在后记中，她深情回忆了三十年前在家乡会稽山的学习与生活。她在信末写道："杜国平老师还记得吗？他去年退休后，从多伦多举家搬到了瑞士的伯尔尼，我与他在异国他乡的同一城市生活了七年，而这缘分的源头是在会稽山中学的师生三年。"她提到的杜老师是我昔日的同事。这封信勾起了我的许多回忆。我对杜国平晚年选择在瑞士居住不感到奇怪。他是数学老师，喜欢摄影。

　　杜老师在中学工作时，比较过家乡的会稽山与世界名山阿尔卑斯山。他曾说，童年、少年时代，他喜欢会稽山，而到了晚年会喜欢阿尔卑斯山。原因很简单，晚年会喜欢宁静与白雪。他比我大三岁，但我们是同一年从越州师范学院毕业的，都被分配到了会稽山的中学。他后来考上杭州大学的研究生，离开了会稽山。在他读研前夕，我和他有过一次彻夜长谈，我们去了学校附近的溪滩。他不是一个健谈的人，喜欢思考，喜欢一个人静静地对着相机镜头构图，寻找会稽山的美。他个子不高，身材清瘦，戴一副眼镜。那天，我们谈了许多，知道以后大概很少有机会见面了。他属于远走高飞的人才，却谦虚地说对自己的前程一片迷茫，而对往事的记忆越来越清晰。他当时就说，不论将来走到哪里，会稽山的溪滩永远在他心里。我知道他对溪滩印象特深，他业余爱好摄影，在溪滩的不同季节里寻找会稽山不同的风景。他的摄影作品《会稽山晨曲》《溪滩春早》获得过《越州晚报》的年度摄影大奖。这些情况在陈芳的画集《会稽山芦苇》的《后记中》竟然也有记述，可见他的作品在当时的校园，以至于整个会稽山区的影响力。

　　春节过后，在《越州晚报》工作的大学同学约我写稿，我想到了陈芳的画集《会稽山芦苇》。我写了一篇关于会稽山水的追忆文章，一千五百字左右，主角是芦苇，其中有我对生命的思考，我引用了帕斯卡尔的名言"人是一根能思想的芦苇"，同时在文中对陈芳的书画做了推介。我在小镇的教师公寓楼找到了孙亚军，他当年是陈芳的班主任，已经退休在家。他在午睡后与我聊了陈芳的事。他说她中学毕业后，父母送她去法国读书，后来她一直在国外生活。她喜欢画画，她的油画曾在法国和西班牙获国际艺术奖。在春节或教师节时，他经常能收到她从国外寄来的贺卡。

这些情况我大致清楚。"我想知道她的其他情况，她在中学的学习与生活是怎样的？"我告诉他，我在晚报上写了一篇回忆文章。

孙亚军诡秘地一笑："你想借机知道人家的隐私？"

他坐在旧式藤椅上，慢慢开启三十年前的那些往事。我知道这不是一件容易的事，吹去记忆深处三十年的风尘，需要费很大的劲。他说陈芳天生有一副好嗓子，喜欢唱歌，是班级的文艺委员。她身材很好，在运动会上穿短袖衬衫和短裤参加比赛，特别引人注目。他接着谈到了去她家——这是学校布置的家访任务——她家在一个水塘边，粉墙黛瓦，带有天井，进院子后可以看到精美的木雕窗户，古色古香。他印象最深的是这个明显带有明清建筑风格的小院子里，站着一位漂亮而时尚的年轻女人，她大方地伸出手来欢迎老师家访。后来他得知陈芳的母亲曾经是城里的知青。有一天晚上，陈芳在寝室突然肚子疼，他和两位女生背她去镇卫生院，感觉她整个身子发热厉害，但到了卫生院一测体温，医生说没什么问题。他问她肚子还疼不疼了，她跳下病床说可以回寝室了。

有一次在溪边洗衣服，他忘带了肥皂，陈芳把自己在用的肥皂给了他，是上海名牌"兰花"香皂。她用香皂洗衣服，奢侈得令他咋舌。他回忆起这些细节，如数家珍，往事历历在目，清晰而逼真，仿佛过去了多年的时光重新回到眼前。他笑说这些都是年轻时的记忆，他那时三十四岁，风华正茂。

"她还喜欢溪滩？"我说。

他瞪大了眼睛看着我："你怎么知道？"

"我也是她的老师，"我嘻嘻一笑，"我曾经看到她一个人在溪滩上徘徊。"

他满腹狐疑地望着我："知道她喜欢一个人去溪滩玩的老师不多。"他回忆起陈芳在初三的第二学期，正是春天油菜花开的时候，她下了课就喜欢往溪滩上跑，有时连自修课也顾不上，一个人在溪滩的草地上坐着，或呆呆地站立很久。孙亚军吸着烟，皱着眉头说："当时，我们分析过她的这种现象，认为是少女期的情绪变化，或者是早恋了。那时，你们几个刚参加工作的年轻教师都是学校暗中排查的对象。有领导认为，她有欣赏与喜欢摄影家杜国平的倾向。也有人认为，她有可能喜欢上你，而没有引起你对她的足够重视，她因心烦而去了溪滩。"

我感到十分惊讶，捧腹大笑，以为这是他的胡编乱造。我说："这是三十年前发生的事？"

"确是事实。"孙亚军犹豫片刻后，回忆说，"有一天晚上，晚自修时间，刮着狂风，风一会儿就停了。班长来办公室悄悄告诉我，陈芳失踪了。我在班里隐瞒了消息，但第一时间报告了校长……"

我说："这件事你能详细说说吗？"

"完全可以，"孙亚军平和地说，"现在早已不是什么秘密了。我们后来在溪滩东角的芦苇丛找到了她。发现她时，我们非常震惊！她与摄影家在一起，坐在倒伏的芦苇上。见到我们时，两个人旁若无人地继续交谈着，但声音越来越轻。当我们走到他俩跟前时，他们停止了交谈。这是我在班主任生涯中最尴尬的一件事。我面对的尴尬是，一个是我班的女生，另一个是我办公室的男同事。去寻找她的有三位老师，我和教务主任都不出声，而校长脸色铁青，很难看。一周后，学校给了杜国平一个内部处分的意见，具体内容不清楚，只知道这个处分最终导致了他的辞职。"

"这是1988年初夏的事？"我说，"在陈芳毕业后的第二年，杜国平考上了杭州大学的研究生，他远走高飞，离开了会稽山，但溪滩芦苇的事，我这是第一次听说。"

孙亚军不无幽默地说："从未听说是一件好事，我却一直生活在对这件事的灰色记忆中。"

孙亚军的回忆，让我想起那一年与杜国平的最后一次聊天。当时，他准备离校，年轻气盛的我们，聊起来海阔天空，漫无边际。我问他是否心有不舍时，他谈到了这群可爱的学生，聊到了陈芳。他认为她有独特的个性，身上有艺术家的气质，因为他经常在溪滩的一角与她不期而遇。我猜测他的相机里留有她的照片。这些照片与自然美——溪滩、溪流与芦苇——融在一起，每张照片他都拍得十分美，都可以参加摄影大赛。但他那天回避了我的猜测，不谈这个问题，让我感到任何猜测都是那么无聊。他也不谈孙亚军讲到的溪滩芦苇丛的尴尬，其实是让尴尬成为人生的缺页。现在，我突然理解了陈芳在画集《后记》中对溪滩的回忆。我想到在杜国平的记忆里，他人的"尴尬"也许是一种艺术，是另一种风景。

我记得，那天晚上我们痛快淋漓地聊了各自收藏着的人生记忆，而后告别。从此，我们没有再见面。我确实也没有读到他的回忆文章，关于艺术、溪滩芦苇的文章。

2018 年春天，我开始构思一部长篇小说《会稽山的雪》，写到会稽山溪滩上的故事情节时，忍不住再次去孙亚军家聊天。我在他家碰到了前几年退休的教务主任，他理着短发，头发早已花白。说到了孙亚军老师的"尴尬"，我感觉到这"尴尬"背后或许另有其他故事。果真，教务主任说起这件事，记忆犹新。他年轻时脾气火爆，嗓门挺大，课堂上发起火来，在操场上上体育课的学生都能听到。但讲到记忆中的往事，他有点儿自言自语："那个女生叫陈芳，她母亲我很熟，是小镇新华书店的职工，是城里知青插队到会稽山小镇的。她父亲是镇上有名的木雕工匠。那年月，他组建了一支工程队，去了省城的工地。第二年，他跑到学校跟我说，让我辞职去他的公司做行政管理，工资是教师的四倍。我犹豫了三天，把上课的事耽误了一半……"

我打断了他的话："还记得晚上跟校长、孙老师去溪滩寻找失踪的女生吗？"

"记得，"他大声说，"这事后来与杜国平扯上了关系，我们觉得有点儿尴尬。"他停顿了一下，转身对孙亚军说，"回到学校，你送学生回寝室，校长回办公室后想连夜询问杜国平。我看时间已经很晚，劝校长明天再说吧。校长生气了，大声吼道，有些事情明天能说得清楚吗？无奈，我只好陪杜国平在小会议室写情况说明，一直忙到半夜。"

我感到好奇，三十年前的事，他把日期与时间都记得这么准确？

"不奇怪。"教务主任谦虚地说，"年轻时经历的事，记忆特别深刻，尤其是自己感觉好奇的事，随着年龄的增长，记忆会越来越清晰。这一现象，现在让我感到越来越有意思。"他睁大了眼睛，冲我俩微笑着。

"你记得没错。"孙亚军沉吟一下，"我送陈芳进了寝室后，让她安心休息，然后一个人在寝室外的台阶上又坐了一个小时，估计她在寝室里安睡了，我回了教师宿舍楼。整个校园一片安宁，我感觉到了半夜，月亮大了，星星比在溪滩上看到的更多，形成一条南北延伸的超级银河。"

那天晚上我在干吗？看看他俩的表情，我确认他们的记忆里没有我。任凭怎样努力，我也记不起什么。那天在我的记忆中是缺页。那一天对我来说肯定不重要，但那天确实发生了许多有趣或重要的事，比如他俩讲到的溪滩上的"尴尬"。

我现在感兴趣的是那天他俩遇到的"尴尬"背后的事。

我忍不住对他俩说："三十年过去了，这些往事应该可以解密了。知道杜国平老师在情况说明上写的是什么内容吗？"

这次我看到了他俩脸上的尴尬，他们面面相觑。教务主任的脸通红，可能与他中午喝了会稽黄酒有关。

教务主任尴尬地笑笑，右手拍着后脑勺，说杜老师写好后他不好意思去阅读里面的内容。他头脑简单，直接把材料交给了校长。校长接过材料，让杜老师与教务主任签名，他先回去休息了。

一年后，杜国平考上了研究生，提出辞职，自动离开学校。

面对往事，我们不是无话可说，而是尊重历史。最后，班主任想起了什么，跟我们说了去年发生的一件事——

去年中秋节，他在镇里的新华书店意外地碰到了老校长。那时，他退休不久，有时间就逛书店，而老校长已经退休多年。他喊校长时，校长手里拿着《百年孤独》，问他是谁。他哭笑不得，说是陈芳的班主任孙亚军。校长摇摇头。他说自己是那天晚上去溪滩寻找失踪的学生陈芳的班主任。校长的眼睛突然亮了，说："记得记得！孙亚军老师，你也老了，一下子认不出来了。"去溪滩寻找陈芳时，校长四十七岁，孙亚军三十四岁。孙亚军说，他在新华书店见到校长时，校长已经七十六岁，对眼前发生的事记忆十分模糊，但对年轻时发生的事记忆犹新。他现在也是这样，刚才教务主任来他家，他记不得是为了什么事。后来，他慢慢回忆起来，一周前两个人约好去医院看望老校长。

我们从大学毕业后被分配到会稽山的中学，不论在课堂上教学，还是在溪滩上思考，都无法回避衰老这一问题。人生总是一个让人看到的过程，许多人都以为这是短暂的过程，但一些人认为，生命可以为某一件事而延伸。其实，我们的学生陈芳在她的《会稽山芦苇》画集中已经做了尝试。在她的画集中，芦苇、溪滩、溪流、野花——她让我们再次唤起对往事的回忆。但如果认为这是我们曾经的生命，现在已经消失，那是看不到我们走在生命的圆弧上。包括我们现在能回忆到的溪滩上的"尴尬"，都是生命的假象。人总是出自本能回忆往事，回忆年轻时的时光，渴求回到从前。人生的本质是一个圆。她曾经徘徊在溪滩上，那天晚上她与老师在一起，那是她生命的假象。

人生是一个圆，只是我们走在圆弧上，却误以为走在一条直线上。这种错觉，正如我们生活在球面上，但误认为在平地上一样。

我们能回到生命出发的时空？

答案是肯定的，但这需要漫长的时间轮回。

我在修改完《越州晚报》的这篇约稿后，有了这样的猜测——虽然时间久远，但校长令人崇敬的形象历历在目。他处理事务的当机立断令人印象深刻。当天晚上在溪滩上找到陈芳后，他没有让此事节外生枝，他知道任何一丝风吹草动，都会成为小镇街坊茶余饭后的谈资。他咨询了学校的心理教师，一周内三次去陈芳所在的班级听课。课堂上，陈芳发言积极，思维活跃，给他留下了良好的印象。渐渐地，他在繁忙的学校事务中，忘了芦苇丛的故事。这些故事到底留有多少想象？其中有多少善恶？随时光的流逝，早已成为永远的谜。他在那一年没有让更多人去想象，去猜测，这是他的治校方略。他或许知道这些故事背后的不可预测——你能说那是灾难与罪恶？现在，溪滩上的芦苇依然美丽，令人喜欢，还有怀念。

在陈芳的画集中，画会稽山不同的溪流、溪滩与树林的作品占了五分之二，而画四季不同的芦苇的作品占了五分之三。我注意到她画中的芦苇，千姿百态，美丽可爱。它们是一个群体，又有不同的生命张力，我敬佩她的技法境界。我欣赏画中的芦苇或在春风中微笑，或在夕阳中沉思，而没有在风雨中倒伏，我不禁再次想到了孙老师说的在溪滩上的"尴尬"。

许多人生之谜，只能从她的画册中去解读。人生的一些缺页，可以从她的画册中去寻找。我需要重新翻阅她的画作，芦苇、溪滩、溪流——这是她的记忆，也是我年轻时代的记忆。我们都在回忆，不经意间呼唤着又一次回归。

遇见

校长莫阿明身患癌症，他交代完学校与家里的后事，在家人的安慰声中，终于走了。这是深秋时节的一个早晨，校园里有三棵银杏古树，一夜之间落叶遍地。这让我想到，一个人的离世，犹如树上的秋叶随风飘零，无法改变。

对校长的怀念，可追溯到去年 5 月 8 日，那天我在越州师院图书馆遇见了他。我至今常想：世界那么大，是什么缘分让两个陌生的灵魂在校园一角遇见？校长生前从未说起这件事。那段时间，我每天都在图书馆的外文阅览室修改毕业论文。在论文修改结束的那天下午，校长出现在阅览室。他的瘦弱身影贴在阅览室的玻璃门上，像黄昏的巨型黑蝴蝶，在阳光的照射下，轻盈地滑入阅览室内。他在我的对面悄无声息地坐下时，阳光正照在他单薄的背上，他脑袋的影子盖住了我的双眼，我坐在他透明的身影里。

其实，校长患病已有多年。去年，他独自去越州师院物色教师时，已知道自己患的是癌症，而且是晚期。他去世后，我与阿兰选择在清明节追思他。这天上午，我在阿兰寝室墙上的镜框里，凝视着去年秋天拍的集体照。那时我们刚进校工作不久，照片中的校长身材瘦弱，像秋风中摇晃的丝瓜，在人群中特别显眼。但阿兰说，校长年轻时一定很帅——即使在残酷的病痛中，他依然保持着自信与微笑，一双眼睛特别明亮有神。

我在阿兰寝室坐了一会儿，然后，我俩带上会稽山的酒、水果和其他食品，去校外溪滩的草地。这都是阿兰的创意，她想得比我周全。阿兰说，她事先准备了一份祭祀物品的清单，这样到了溪滩不会出现意外。

我喜欢这位漂亮校友的做事风格，发现我俩有许多缘分。譬如，我们同一天在母校遇见了校长，同一天来会稽山中学报到，同一天知道对方也在会稽山中学……说到"存在"这个哲学问题，我们笑笑。"人生如果没有遇见，我们是否感觉不到彼此的存在？"我忘了是哪位作家说的话，但我们现在存在于此地，都源于去年5月8日校长来越州师院。

　　在去溪滩的路上，阿兰说，清明节前的这些日子，她特别想念校长。她正在写一首长诗怀念他。诗作以校长化作天上飘拂的五彩祥云，在云端默默关注着我们开始。现在她相信校长就像天上的星星，尤其是他的眼睛，到了晚上更是一眨不眨地关注我们。所以，阿兰不无幽默地说，现在她不怕会稽山的夜晚，越是漆黑的夜里，她越喜欢站在校园空旷的操场上，仰望星空。山里的夜空繁星璀璨，她虽然分辨不清校长在哪颗星上，但能感觉到那来自天上的温暖目光。她一口气说了很多，说到动情处，我发现她的眼睛湿润了，着实让我感动。"我在想，"她仰着脸对我说，"校长离开我们没多久，他应该走得不远。这些天，我感觉他就在自己老家与学校之间的这片天空中来回游走。他一定是舍不得离开会稽山，舍不得离开他生前钟爱的学校。"

　　我看着她那张兰花一样漂亮的脸蛋，十分认同她的观点。我内心惊讶于她诗一般美丽的想象，虽然不懂诗歌，但我知道古人所说的"功夫在诗外"。我说，凭感觉，这是一首好诗，进而解释道："你的诗让我们自然想到了校长，感觉他还活着，就在我们身边。"

　　她对我的解释很满意，冲我一笑，告诉我，校长生前最熟悉的是学校到他老家村里的这条山路。"如果我们想他，"她说得很认真，"就在这条山路上静静地等待他，或在这里仰望天空寻找他。如果在梦里见到了一颗遥远的星，那一定是真的遇见了他！"

我感觉阿兰的想象确实与众不同，很难说这是否与会稽山这个生活环境的影响有关。我问她，这些奇异的感想都能写进诗歌？她十分自信，说她在诗歌中追求一种超越自然的情感，诗中营造的意境无疑是现实与梦幻的结合。不得不说，她的诗的灵感来自生活，来自会稽山。从师院毕业后到山村中学，她对生活与环境的感受比我敏感和丰富。她可以一个人站在溪边看日出或晚霞，在溪滩上忘我地采撷野花，然后把花插在寝室和办公室的玻璃瓶里，独自欣赏。她说来会稽山工作，人生最需要的是"诗与远方"。我期待在她的长诗中早日遇见"诗化"的校长。她呵呵一笑，说这首长诗已经写了一个多月，标题也从《怀念》《会稽山的云》变成《遥远的星》，直到前几天修改定名为《遇见》。"不求华丽的辞藻，只想写出心中最真实的感受。"她说这是她的写作宗旨。

我请她念上一段，哪怕是很短的几句也好。她嘻嘻一笑，同意了。她停下脚步，仰望一下天空，似乎在寻找天上校长的那双眼睛。一会儿，她动情地朗诵起来：

像远航的人，我遇见了地平线

升起的帆，听到了远方你的呼唤

我不改初衷，选择的航向

在你讲述的故事中

永远有我梦中的会稽山

"这是早上醒来想到的几句，"她笑着说，"我打算放在第三章的开头，这是一次理想与梦幻的'遇见'。"

我边走边沉吟着，以击掌表示赞赏。说心里话，从师院毕业，选择来会稽山偏远的小镇教书，没有一次击中心灵的"遇见"，是很难下决心做到的。那天，校长在越州师院图书馆的外文阅览室找到了我。他是怎么找到我的，现在已无人知晓，其实这并不重要。他进了校园，径直来到图书馆，想找应届生聊聊。我那时正在查阅资料，修改毕业论文。我答应了他的邀请，说可以考虑去会稽山中学工作。他从身上的黄布挎包里掏出一小包礼物给我，说是会稽山的香榧，让我品尝。他诚恳地对我说，那里的中学远离城市，但绝对是个山清水秀的好地方。他对我的表态显得很激动，握着我的手说："谢谢你的理解与支持！我还想再找一位教语文的老师。"说完向我投来探询的目光。

我一愣，迟疑了一下，很快想到了中文系学生在科技馆举办"5月的鲜花"校园文化活动，那里聚集了许多优秀的人才。我二话不说，带他来到了活动现场。

那天，校长在图书馆与科技馆之间的梧桐树下，与我们聊了他的中学的一些情况，包括我们感兴趣的教育发展现状与未来的展望。校长离开师院时，要了我们的联系方式。毕业不久，我与阿兰收到了去会稽山中学报到的通知书。

"假如那天没有你的'想到'，偌大一个校园，我与校长不一定有缘遇见。"阿兰的话中有她对人生的无限感慨和对失去校长的伤感。

是的，人生就是这样不可思议，可是生活中没有"假如"。

"那天，你与一位男生在台上主持活动，那位男生应该也是你们中文系的学生吧，但校长在台下一眼看中了你，他不喜欢那位男生。"我呵呵一笑，直言不讳地告诉她。

"为什么？"阿兰侧脸瞪着眼看我。

"我也纳闷。那男生在台上一表人才，阳光帅气，给我的感觉挺好。但校长在台下对我低声说，以后告诉你吧。可是，他永远不会告诉我了。"我不无遗憾地对她说。

这是我与阿兰第一次相约来到溪滩。这里十分幽静，远离了小镇与学校，可以眺望到会稽山那座高耸的云峰山。据说，云峰山背后是校长的老家莫村，距离学校二十多里地。阿兰在草地上铺开白色尼龙布，从纸箱里取出酒和食品。她还准备了两支蜡烛和三炷香，让我面对云峰山点燃香烛后插在草地上。这是山里民间祭祀的做法。"你就相信吧，他在云峰山的白云之上，可以看到我们，但我们看不到他。"阿兰一本正经说的时候，我不敢轻易说笑，虔诚地点着头，心想：校长此时不仅能看到我们，也能理解我们此时的心情。

我坐在阿兰对面，她今天穿得很淡雅，上身是白色的衬衫，下身是一袭米黄色长裙。在我的印象中，她平时最喜欢穿蓝色牛仔裤。"那适合去古道登山，但今天不同，只想静下心在溪滩上陪校长坐一会儿。"她这样解释。我说："现在伸一下懒腰，我的手指就能触及你的呼吸。"她惊讶地看我一眼，忍不住地偷笑。她站起来，在草地上采集一些野花，放在正在燃烧的蜡烛边。"你刚才的话好有诗意。"她隔着燃烧的蜡烛对我说。我却不在乎怎样的诗意，面对校长在天之灵，只想傻傻地说出我的心里话："喜欢你的笑脸！"不瞒校长说，这是我第三次在没有旁人的时候对阿兰说，她早已习惯了。不论走在校园的林荫小道，还是出现在课堂上，我发现她始终保持着一种悦人的微笑。我大胆说出了心里的感受："她的微笑像午后的太阳照射在云层上那道闪烁的金光，可以让人静心遐想。"她听了，竟然红着脸，有点儿害羞，但依然冲我甜甜一笑，说这是大学时代做主持人保持的习惯。即使今天在怀念校长，她也喜欢微笑，因为微笑比哭丧着脸好。她说，校长生前就喜欢微笑着与老师们聊天，包括去年校园招聘时，他一直微笑着与我们聊天。

不一会儿，溪滩上起风了，蜡烛的火苗在风中跳动。阿兰见状颇为激动，说看到火苗在欢快地跳动，自然想到校长在开心地参加我们的祭祀活动。我听了茫然地点点头。我的想象没有阿兰丰富，但此时的感受与她一样，感觉到校长似乎来到了我们中间，在烛光中站着或坐着，画面十分温馨，他始终在微笑。

我低声问阿兰："你写作的长诗，校长知道吗？"

阿兰在我耳边轻声说："你告诉校长吧。"

我笑了。面对烛光和点燃的香，我想校长知道此事不难。他想知道的应该是另一件事吧，这件事一直闷在我心里，我偷偷看了一眼阿兰。她在专注地看风中的火苗，若有所思。我问阿兰："怀念校长的诗，最后为什么改名为《遇见》？"

她犹豫了片刻，说："见到的一切，都是因缘而生。与校长的缘，包括后来与你的缘，都是因为人生有'遇见'。"

她又说："遇到的这一切又都是属于我个人的。我越来越相信，这个世上，没有遇见就没有你我。因为遇见，我怀念校长，我拥有了众多善良可爱的山里学生，还有许多美好的记忆。"

我说："如果没有去年与校长的遇见，你会有另外的遇见？"

"是的。遇见不可或缺，人生的过程就是遇见的过程。"阿兰说，"但遇见充满诗意，有时甚至妙不可言。我的长诗，就从去年与校长的遇见写起，穿越时空，从城市写到陌生的会稽山，许多感想由此展开，人生的意义也在这里。"

我自叹没有阿兰的诗情与才华，写不出赞美与感恩的优美诗篇，有时甚至词不达意。我怀念校长，感念命运的某种安排——如果去年5月8日我不在学校，或者不在图书馆，会在大街或公交车上遇见校长吗？如果那天我没有想到中文系在校园举办一场文化活动，现在能与阿兰在一起悼念校长吗？刚才从阿兰的寝室出来时，我给她一个建议：以后每年5月8日，我们都去溪滩上怀念校长。我的建议得到她的赞同。"你不觉得这建议有什么不妥吗？"我故意惹她，但她回答得干脆："有问题也是命运的安排。"我不知道校长的生日，但我想到5月8日这特殊的日子，以后可以作为我俩纪念校长的特殊日子。"不瞒你说，因为怀念校长，我突然有了写诗的冲动，我大学时代写诗的灵感又回来了！"阿兰仰望天空，双手合十，似乎在对校长说。我也想借机说说自己的心里话——因为怀念校长，从此，这一天我可以开开心心与阿兰在一起。她会不厌其烦地问我一些细节，那些关于遇见的往事的细节，永远有说不完的故事。而我想告诉她的永远是那天的"遇见"——从我与校长"遇见"开始，到我们三人"遇见"结束。但这些心里想说的话，想表达的意思，后来被溪滩上的风吹跑了。阿兰说，溪滩上的风越来越大。这说明她始终没有听到我说的心里话。

阿兰在溪滩上烧完了纸钱，她见我呆呆的，问我在想什么。这时，风已经平息了。

我像一个思考者，神情庄严告诉她："我在想来学校报到那天校长和我在食堂小包厢等你吃午饭的情景。"

她冲我调皮地笑笑，看着我说："我有印象。那天，你们等我很久。来会稽山的客车在路上抛锚了，司机中途修车，搞得满头大汗。"是的，我们等了好久，但校长那天说的话我记忆犹新，一生难忘："没关系，我陪你等她！以后你们俩在一起工作，这都是缘分。"他吸着烟，很有耐心。

阿兰听了，感慨道："你就尽情地怀念吧，今天是怀念他的日子。"

我想起校长第一次听我的课。他什么时候进了教室，我没发现。课上到一半，我看到校长坐在教室的最后一排，他的脑袋在阳光下闪着光。课后，我随他去办公室，路上他对我说："前面听了阿兰老师的课，你俩的课有许多共同点——课堂设计有亮点，课间设问有悬念，讲课求艺术，师生间互动讲效果……"

他在许多场合总是喜欢把我与阿兰放在一起点评。我知道，平时他对我有些保留意见，主要在教学理念上，对中学的课堂教学，对学生的素质培养，我们存在分歧。现在他走了，我们的分歧消失了。去年国庆节后，他已经卧病在床，委托书记给阿兰送去生日礼物。那是上下两册精装版《普希金抒情诗集》，校长知道阿兰喜欢诗歌。他把上册赠给了阿兰，顺便把下册送给了我。我感到意外的惊喜，曾私下问过阿兰，校长为什么要这样赠送？阿兰开着玩笑说："你可以把下册转赠给我，这样上下两册合在一起，成为一部完整的诗集。"真有意思，这难道是校长生前的考虑？

我想到了一个更有趣的问题，便问坐在草地上的阿兰："假如那天校长来师院物色人选时，咱俩同时出现在他眼前，他会优先考虑谁？"

阿兰想了想说："这是一个哲学问题。"

我说："不谈哲学，谈校长心目中的考虑。"

阿兰说："没有答案！"

"为什么？"我问。

"因为校长已不存在。"阿兰声音低沉。哲学上说，存在决定意识，那么校长不在了，这些想法就不存在了？我从草地上站起来，摘掉眼镜，茫然地看着阿兰。

一周后，阿兰完成了长诗中最重要的第五章，我祝贺她。她建议我俩去小镇新开业的松月茶楼喝茶。她说："你一定有印象，校长生前最喜欢饮茶，而且对会稽山的功夫茶情有独钟。"我当然记得，但传说中校长祖传的茶壶我从未见过，据说那是康熙年间的一件文物。可惜去年秋天紫砂茶壶在他的办公室莫名其妙地摔破了。不久，在一次体检时，校长被查出肝癌晚期。

到了茶楼，我俩在靠溪流的窗口坐下，阿兰要了一壶功夫红茶。老板娘从前是在我们学校读过书的漂亮女生，对母校的老师特别优惠。墙上挂满了会稽山的油画和风景照片，有我俩熟悉的溪滩芦苇和千年古樟。阿兰指着风景照片上的一座高山说，那里应该是校长的老家，听说风景不错，是南宋时代的一个古村落。那是云峰山，云雾缭绕像仙境。在我凝视照片时，阿兰意味深长地说："校长去了天堂，应该没有什么遗憾了。"

我说："此话怎讲？"

阿兰说："知道校长生前的最大愿望吗？"

我喝着茶，摇摇头。

阿兰说："校长想在有生之年为学校引进两位老师，要求是一男一女。去年他都做到了，过程很顺利。"因为她要进行诗歌创作，学校破例让她查阅了相关资料，包括校长的工作记事本。

　　一个月后，阿兰告诉我，她的长诗初稿全部完成。全诗七章，共计一千一百六十行。这是她在诗歌创作中投入精力最多、创作时间最长的一次。我说："可以肯定，这将是一部会稽山的教育史诗，如果发表，必将轰动整个会稽山区文坛。"她谦虚地一笑，说："你的评价高了，诗的内容确实与会稽山的教育有关，因为校长本身就是山区教育的代表人物。"她问我是否有时间陪她去一趟莫村。

　　"莫村，校长老家？"我说。

　　"是的，诗歌中有一些相关描述，我需要实地去一趟。"阿兰告诉我。

　　星期天，我们从小镇出发，坐客车到岩头村，然后徒步五六里山路到了莫村。这是大山深处的一个小山村，背靠群山，高耸云端的是云峰山。村前是一条清澈见底的溪流，溪边是错落有致的水杉和枫树，风景十分优美。

　　我们在村口问了一位在地里锄草的白发老人，在老人的热情指点下，绕过一个篱笆围成的菜园和狭长的水塘，来到校长家。这是一幢百年老房，外墙青砖黑瓦，给人岁月的沧桑感。屋内光线较暗，一只大花猫从竹椅上敏捷地跳下来，在阿兰的脚背上蹭着，发出"喵喵"的亲昵叫唤。一位腰间围着粗布短裙、头扎两条短辫的中年妇女，自称校长的爱人，从里屋出来接待我们。我们上前与她握手，向她表达我们内心的敬意。她热情好客，招呼我们坐下，给我们泡了两杯山里的蜂蜜茶。阿兰喝了两口，直呼口感鲜美无比——她遇见了世上最好喝的茶！

家里只有校长的爱人在，我们围坐在堂屋里。墙上挂着校长的遗照，他爱人说，这是他二十年前的照片。照片下面排列着三个木架相框，我陪阿兰仔细地看了相框里的所有照片。里面有校长童年、少年时代的黑白照片，和他大学时代直至参加工作后的彩色照片，这些照片像历史的画卷，穿梭在时空的长廊。"每一张照片都有独一无二的故事。"阿兰悲伤地说。"这些照片，在他走后，我们感觉越来越珍贵。"校长的爱人说，"儿子和女儿花了三天时间整理了他的遗物，选择一些照片挂在墙上，说这样方便纪念他们的父亲。"我们边看边赞赏这主意好，也方便了前来悼念校长的人，并委婉地询问了校长爱人的近况。我们想知道校长离世前是否留下了什么遗憾。

"遗憾？"校长爱人迟疑了一下，回忆道，"对于他的去世，我们一家人是有心理准备的。"她伤感地告诉我们，校长其实一直带病上班。等他实在太累了，在家躺下时，虚弱的身体已支撑不住了。他走的时候，一家人围在他身边。从晚上开始，他双目紧闭，脸色由蜡黄转为惨白。一家人忍着悲痛安慰他，都知道死神在召唤他，生命将离他而去，但他脸上的表情很安详。儿子和女儿拉着他的左手和右手，想知道他心里还有没有欲说未说的事需要交代。他说话很困难，连睁眼的力气都没有。说到这里，他爱人忍不住流下眼泪。阿兰递给她纸巾，她擦了一下眼角说："儿子附在他耳边，问的最后一句话是，爸爸，你还有什么要交代的？他的喉咙始终像堵着一团棉纱，说话断断续续，他很吃力地说，我没有遗憾，想做的事，去年做了。这应该是他最后的遗言。"

我和阿兰听了，沉默良久。我们都知道校长处事果断，说话言简意赅，这是他生前留给我们的印象。但我还是忍不住地问校长的爱人："听说校长去年花了很大精力为学校引进了两位老师？"

"他在家里多次说起过这件事。"她的脸上露出笑意，"这也是他的夙愿。他心思单纯，想法也简单。其实，他想让两个年轻老师一块儿来学校，将来有个伴儿，好安心在山里教书。"

"有个伴儿？"我和阿兰不约而同地问道。

"对。这些年，山里学校留不住年轻的教师。他们来了没几年就想调去城里，调动不了的就辞职。这是他生前最头痛的事。"

　　我们沉默不语。我发现阿兰神情尴尬，她把目光再次投向墙上的校长照片。

　　我们返回学校，走在村里的石子路上，遇到的所有的脸，我好像都熟悉，感到亲切。我能从他们脸上轻松读懂山里人的善良与热情。一路上，我甚至有了这样的想法：在未来的岁月中，在我工作、生活的会稽山，将不再有"遇见"——所有的遇见，都源于去年与校长的"遇见"——我惊讶于自己的想法。

　　"对，不是所有的遇见都是'遇见'。"阿兰欣赏我的观点。

　　不久，我在日记里记下了关于"遇见"的一些荒诞感想——

　　但凡遇见，其背后都深藏着一个神奇的未知世界。遇见是人生的开始，让人无法抗拒。

　　在不到一年的时间里，我在会稽山"遇见"了许多：

　　我遇见了弯曲的山村公路，遇见了绵延不断的崇山峻岭，遇见了童话般的溪滩风景，遇见了历史风尘中的明清建筑，遇见了端坐在残阳中的千年古樟树，遇见了寂静无声的星期天，遇见了溪边不知名的野花，遇见了修缮一新的南宋古庙，遇见了终身在山区教学的城里人，遇见了教师节来山村学校慰问的上级领导，遇见了年轻的晚报记者来山区采访，遇见了梦醒后从镜子里看到的不知所措的自己……

我甚至相信，与阿兰在一起，我们还将遇见更多，遇见未来，遇见幸福，遇见快乐，遇见成功。

阿兰的长诗《遇见》在市作协老师的指导下，经过多次修改，终于在这年冬天的《越州文学》杂志上全文发表。我为阿兰感到骄傲，她的长诗是对校长在天之灵的最好告慰。长诗的发表，让阿兰后来遇到了不少城里的朋友。其中，有《越州文学》杂志社的知名编辑，他经常打电话邀请阿兰去城里参加座谈会和文学采风。不久，阿兰有了城里的男朋友。每到周末，她坐客车去城里，在公园、电影院或饭店与男朋友见面。他们谈人生，谈诗歌，聊生活的快乐……这一切，我后来从未遇见。

越王剑

　　我二十多年前的学生蒋云，有一天，开着黄色宝马车来会稽山中学。在我简陋的宿舍，他的个子显得特别高大。他穿着白色西装，打着蓝色领带，说是来拜访老师，给我带来了新春的高山茶叶。他在竹椅上坐下，又站起来双手一拱，行了师生礼，并告诉我前天去了一趟陶岭。他的声音有点儿轻，但我马上反应过来了，微笑着点点头。他去那里同样是看望一位老师，当然，去那里的心情与来我这里不同。

　　我们至少有十多年时间没有见面了。人到了即将退休的时候，见到一些很久以前的学生，会一时想不起来。有些学生，见面了，但人与名字，我经常张冠李戴。蒋云的情况特殊，发生在二十多年前轰动小镇的一件事与他有关，这件事我记忆犹新。他若不开口，我不会与他聊这些尴尬的往事。但事实上，学生一进门就提到了此事——他去了陶岭，看望了另一位老师。

我相信二十多年前的事，学生同样记忆犹新。

蒋云说，这些年一直在异乡打拼，主要在上海及周边的城市里，但每年春节他都要回会稽山老家过年，顺便拜访亲朋好友。"去陶岭看望老师是一年一度必备的节目。"蒋云神色凝重地说。我微笑着点头赞许。

他对二十多年前的校园生活往事历历在目。他用平和的语气聊起课堂上我曾经讲述的历史故事，对我讲述的越王勾践卧薪尝胆的故事至今念念不忘。我对会稽山美女西施的历史点评，蒋云说影响了他后来对恋爱中的女人的看法。听学生聊这些陈年旧事，我心底难免升起做老师的自豪感。他问我，明年退休后有什么安排，邀请我去他在上海的公司做顾问。"是顾而不问？"我开起了玩笑。

他却很开放包容："老师能来小公司，就是学生的荣耀。"我答应他退休后去他的公司参观考察。随即，我们聊到了二十多年前的往事——那次去他家参加的一次家宴……

我们聊的家宴是会稽山老板们热衷的风俗礼仪，讲究的是排场和豪华，与传统家宴有所不同。我忘了那次家宴的具体时间，蒋云也忘了，但细节他记得比我清楚。我现在讲的故事是从我的角度讲的，有些情节可以在他那里得到补充——

那是春节过后开学的第一周，春光明媚，大地开始回暖。蒋云家在会稽山小镇西北的一个小山村。村里的富人喜欢在春节过后，新学期开学不久，宴请小孩的任课老师。那天下午，我们七八个老师都去了他家，有他的班主任和其他任课老师。校长是独自去的，他的身份特殊，显示是主人的贵宾。这一点我记得很清楚，一路上，有老师在议论这件事，我听到有人说蒋云的家人曾经是学校患难与共、非同一般的朋友。

到蒋云家时，天色还早。大家坐在院子的草坪上聊天。夕阳西下，阳光温暖柔和。主人家的厨师在厨房里忙碌，一会儿，飘来了烤羊肉的香味。主人蒋老板从院子对面的白色别墅里走来，中等身材，穿着名牌皮衣，脖子上系一条金色领带，精神抖擞，带着儿子蒋云来见大家。蒋云在读初二，身高已与我们老师差不多，长得高大壮实。他为人机灵，见大人与老师们在寒暄，转身去厨房端来大盆点心放在茶几上，有杭州山核桃、会稽山香榧、新昌花生和一些上海软糖。点心盆上散落着一些香烟，这应该是他父亲的意思，其中有我第一次见到的国外雪茄。校长喜欢这烟的味道，他不客气地要了一支，蒋云熟练地帮他点燃。主人在介绍自己的院子时低调地说，这是老宅屋的院子，去年进行了简单改造，种植草坪，是为了迎接城里客人来会稽山玩。校长与主人很熟悉，问他上海的贵客每年都来村里走走吗，主人笑嘻嘻地说："世上的事就是这么奇怪，山里人想去城里生活，城里人喜欢来山里玩。"双手一摊，开心地对我们说，"城里人喜欢这里的空气，这里的土豆、玉米，连这里的溪水他们也喜欢，他们说水是甜的。"他说着带我们走到院子里的矮石墙边，指着对面的溪滩，"那地方若造一家酒店，三面环水，背靠大山，风景绝对好。城里人要我在这里投资建乡村酒吧，他们从大城市带人过来住宿消费。"说到这里，他感慨道，"外面的世界真的很精彩，电视上的广告讲得够到位。"

校长打断他的话："今天不聊外面的世界，我们聊会稽山。"

主人双手抱拳，呵呵一笑："听校长指示！"于是，他们愉快地聊起了校园往事，我们年轻人在边上乐意聆听。他们聊着学校的历史，历史中有我们爱听的逸事秘闻。主人曾在校长手下做了多年代课教师，教初中数学。校长握住他的手，风趣而意味深长地说："那些年的委屈都是为了今天的风光无限。"

家宴之前，校长问主人，晚上给老师们喝什么好酒。一句话似乎提醒了主人。主人请人取来一小坛酒，放在茶几上，介绍道："这是限量版的会稽 AG 黄酒，AG 是英文 ABSOLUTE

GOOD(绝对好）的缩写，市场上很难见到，因为需要用会稽山天池水酝酿，而且是十年以上的陈酒。"陶瓷酒坛很精致，上面印有古典仕女飞天的图案，有中国红和纯天蓝两款。酒的年代引来大家的一番讨论，有说是十年陈酒的，也有说是二十年甚至三十年陈酒的，现场像召开了教学研讨会一样热闹，校长自然是权威主持人。主人趁校长和老师们的兴趣话题都在酒上，低头看了一下手腕上的表，悄悄拉一下我的衣袖，邀请我去参观他收藏的古董。不知是对酒的年份不感兴趣，还是对古董有所期待，我顺从主人退出了人群。他把我引到院子一边的葡萄长廊，我们来到一幢白色的三层别墅。我现在几乎搞清楚了主人家的建筑布局——这样的住宅在村里绝无仅有——三层别墅与院子之间巧妙地用长廊隔离，形成两个生活区。主人说，院子里设有厨房、餐厅，经常招待城里来的客人。他带我来到别墅。转过楼梯上三楼时，他说他知道我懂历史上的许多事，还代表镇文化站参加过县里的文物普查与保护专题学习班。我谦虚地说，那些知识都很浅，我虽然懂一些历史上皮毛的事，但这与古董是两码事。"古董也是历史的一部分，现在又属于国家文物保护的范畴。"主人掷地有声，有他自己的观点。他听儿子说，我是最受学生欢迎的中学历史老师，博学多才。我听了忍不住哈哈大笑。我承认他儿子超级喜欢听我的历史课，我在课堂上早就注意到了。现在，我知道了他儿子喜欢历史课，和家庭的影响有关系。我告诉他，越来越多的历史证据表明，从大禹到越王勾践，从美女西施到王羲之、谢安……还有许多唐诗宋词名家的历史故事，都与会稽山有关，或许就与他们现在生活的山村有关。他听得津津有味，惊喜地睁大了眼睛。我发现他儿子在课堂上的眼神，与他此时一模一样——明亮、好奇，充满智慧。他儿子在家一定多次提到过我的历史课，才让他对我有了这样的期待与喜爱。他说，他收藏古董一直如履薄冰。

"怕违法收藏？"我小心问。

"不，怕一不小心收藏了违法的文物。"他爽朗地说。

我们边走边说，到了三楼最西边的房间。这个房间是他的收藏室。他热情地拉着我的手，让我欣赏他的收藏品。我能读懂他眼神里流露的期盼——帮他鉴定这些古董。

应该说，他的收藏处于初级阶段，仅属爱好而已。我见过会稽山区一些老板的收藏品，有的收藏颇具专业规模。他现在是见古董就收藏，我看到橱窗里散落着不少古代小陶瓷、玉佩、钱币，墙角是明清时期的小型家具和农具。占用空间最大的是明代万历年间的一张红木婚床，这引起了我的兴趣。但他说，这些都不是他收藏的珍品。他最近集中精力收藏一些军刀。我听得出来，他在考虑收藏的亮点与特色，这也是私人收藏的必由之路。

　　"喜欢军刀是性格使然，说不上理由。"他这样解释。他说，看到古董市场上的军刀，他能奇妙地感觉到自己血管里的血在汩汩流淌，会不计价钱买下收藏。他儿子蒋云比他更爱军刀，他相信这是强大的遗传基因。他的祖先曾经是大清副将，驻守会稽山，带兵击败过当年的太平军。他在越州博物馆看到过大清副将的军刀，寒光闪闪，一百多年后依然锋芒毕露。收藏祖先的军刀曾是他的梦想。

　　他说着带我进入收藏室的小房间。房间不大，但比我们教师的办公室讲究，长条杉木地板上铺了红地毯，墙壁做了隔音效果。凭感觉，这应该是他的"私人密室"。果然，我看到了他的各式军刀收藏品。年代比较久远的是一把元朝蒙古军团缺口的大弯军刀，刀背上有斑驳的铁锈。

　　"但这些还不是我收藏的宝贝。"他打开另一扇橱窗，给我看他的"镇宅之宝"，说是越王剑。他没说是越王勾践的剑，但已足以让我露出惊愕的神情。稍有历史常识的人都知道，越王剑是越国历代国王的"自作用剑"。历史上春秋战国时期的越王共计十一人，而目前发现只有前六位有过越王剑，留下的越王剑少之又少，原因十分复杂。历史研究者普遍认为，至今存世的越王剑都是在地下发掘中发现的，直接从春秋战国时期留存下来的一件也没有。据传，越王允常的五剑之一"湛泸"，曾在汉、唐流转，直至最后使用者岳飞冤死后，此剑从此不知下落。但我相信会稽山的地下藏有一定数量的越王剑，因为历史上传说当时名匠选定的铸剑核心区，就在窗外远处的日铸岭。想到这些，我低头看得十分仔细：如果是真品，这是价值连城的国宝。去年，本地一位建筑领域的老板曾邀请我去他家赏宝，说是越王无颛的宝剑。我问了出处，他说是在伦敦市场上托人买的。我戴上白手套，看剑格和剑的金属面上的菱形花纹，大致可以肯定这是春秋越国后期一般武士的刀剑兵器，且与当时越国贵族的护身佩剑不同。单凭剑首和剑格上的铭文就知道是假的，用不着去细究剑首。会稽山老板当时就瞪大眼问我为什么，我告诉他，握手剑柄的后顶端——越王宝剑一般都制作成正圆或椭圆，多为凹盘形，内镌有铭文。剑格的正反面也常镌有铭文。而铭文内容一般包含越王名号，每把剑都在铭文中表明属于哪位越王。学界也多以此来命名具体的越王剑，如"越王勾践剑"。

我不得不承认，这一带都埋有越王剑。我在梦里亲眼见到在我们学校操场出土的越王剑，宝剑出鞘时寒光闪闪，如夜晚的闪电，至今记忆犹存。这里曾经是历史上的吴越古战场，也是青铜宝剑最辉煌时期历代越王的铸剑屯兵基地。基于历史的原因，越王剑一度在王室、名将豪门等处保存流转过，但历经两千多年的各种劫难，已消失殆尽。而作为陪葬品的宝剑反倒在地下保存了下来。由于盗墓、仿制假冒等复杂原因，现在不少的越王剑缺乏"出生证"。至于木质剑鞘，几乎都是新配的，因为出土时早已腐朽。主人听了我的分析，心情复杂地拍拍我的肩膀，表示对我的充分信任。在主人小心地把宝剑送回橱窗时，我回头一惊，但愿这是错觉或幻觉——宝剑似乎在主人手中直立了起来——那是宝剑出鞘前的动作，我感到不可思议的神奇！但主人似乎什么也没察觉，他此时注意力集中在另一扇沉甸甸的小门上，他给小门配了一把精致的铜锁。我猜测那里有他更重要的宝藏。就在他从口袋掏钥匙时，对面院子的草坪上传来一阵阵喧闹声，像运动会上在进行拔河比赛。主人手中的钥匙迟疑了一下。突然，听到有人在惊叫——声音像在空中爆炸——是出事的那种杂乱惊慌的喊叫声。

我们急忙下楼直奔院子，看到草坪上躺着体育教师，他的脖子在流血。他用左手按住伤口，脸上、手上都沾满了血迹。校长在指挥，大家围在一起，七嘴八舌想办法帮体育老师止血。此时，主人家派人找来了村里的赤脚医生。医生给体育教师紧急止血和救治后，建议用担架抬着他去镇卫生院。主人立马挑选了身边几个身强力壮的公司员工，轮流抬着担架，直奔山下的镇卫生院。

后来的事，我知道警方第二天来学校了解案情，询问了现场的目击者（我被警方排除在外）。校长作为重要的目击者，说学生失手了，误刺老师，想不到伤得那么厉害，这是千真万确的事实。校长以自己的人格担保，并郑重签了名。其他证人的证词与校长如出一辙。警方做完笔录，请大家在纸上按下手印后满意而归。但事情的波折在两周后发生，而且事前没有任何征兆。这天上午，校园里来了一位戴黑框眼镜的瘦高年轻人，说话斯文，说是找教语文的姚军老师。中午吃饭时才知道，这位年轻人是姚军的大学同学，在城里一家刚开办不久的小报《越州商报》当记者。中午，姚军叫上我（我们在学校宿舍最紧张时，曾经同住一室半年多），请记者同学在小镇临溪的小酒楼上喝酒。这里视野开阔，可以欣赏溪滩如画的风景和远处山中隐约的日铸岭。姚军感谢老同学不辞辛苦进山来看他。他点了会稽山的几个招牌菜，有红烧野猪肉、冬笋炒鸡块、油煎溪坑小鱼和清蒸冷水鳗鱼。姚军热情好客，说这些菜在城里吃不到。记者同学不客气，与我们在酒楼开怀痛饮。姚军三杯酒下肚，猛然感觉到老同学的酒量当刮目相看。记者同学夹着溪鱼，实话实说，毕业后这一年多在城里跑新闻，泡酒席是常态。他不无自嘲地透露，所谓新闻背后的新闻大多是酒后的新闻。一席话说得姚军俯首大笑。他依稀记起读书时老师在课堂上谈新闻。他扶正眼镜，说："那是书本新闻，社会才是大新闻。"他问起了最近会稽山学生误伤老师的事。姚军和我不约而同地停住手中的筷子，感到吃惊。姚军说记者同学神通广大，怎么连这山高路远的新闻都知道，因为学校内部已经对此事宣布了两条纪律：不传、不说，一是为了校园安宁，二是为了学生的身心健康。记者同学却神秘一笑，与我们轻碰一下酒杯，说不奇怪，他看到了教育局最近的内参消息。他说："进校园时，我就没打算告诉门卫我的记者身份，只说是姚军的大学同学。"姚军竖起大拇指佩服老同学的精明，老同学说最欣赏姚军耿直的性格。记者同学嘴里小心地吃着溪鱼，说："从社会学角度说，你这样的性格很适合当教师。"不知道是因为酒的兴奋作用，还是因为同学久别重逢后的推心置腹，姚军一张嘴大胆说出了属于自己的"目击"。他说自己在现场看到的也许是不该看到的瞬间真实。

"那是什么？"记者同学吐掉嘴里的鱼骨，急不可待地问。

"警方来学校询问证人时，我出差了，但出事那天，我在现场，感觉不是我们校长所说的学生失手，不像！"姚军酒后的情绪上来了，脸色涨得通红。我用眼睛瞪他，他也没反应。他的注意力全在记者同学那张惊喜的脸上。

"是你的判断还是事后的猜测?"记者同学放下手中的筷子追问道。

"是目击的新闻。"姚军用餐巾纸擦了一下嘴,"现场我离学生最近,体育老师面对学生和我,校长那时在人群外围。场面已经失控,有老师高喊着让学生放下宝剑,说这样太可怕太危险。我担心要出事,因为宝剑寒光逼人,我看到学生眼里喷射出一道火一样吓人的光,大脑中当即闪过一个可怕念头……很快就出事了。有时,人的直觉更接近事实真相。"

我吓出一身冷汗。不是酒的作用,是姚军目击的事实。我安慰自己:不在现场没有发言权,绝对没有!那天姚军在现场,他离学生最近,离学生手中的宝剑最近,他有发言权。

记者同学临走时送给姚军一条"红塔山"香烟。他发现姚军来会稽山教书一年多,学会了抽烟,而且烟瘾上来得很快。

一周后,我在《越州商报》第四版看到了署名为"吴越"的记者撰写的社会新闻——《会稽山学生刺伤老师事件发人深思》。本来这桩案子即将完结,此事彻底激怒了学校领导。第二天,校长带着办公室主任,匆忙进城找报社领导澄清事实。他返回学校的第一件事就是找姚军谈话,核实情况。这一年5月,这位来学校一年多的语文老师,因为工作需要,被调去了会稽山另一所偏远的山村中学,那里山更高,路更远。暑假的时候,我特地去姚军就职的新学校看望他。在教师的集体宿舍里,我俩挤一张床过了一个晚上,因为进高山的长途客车两天才有一趟。校园的晚上,星光灿烂,我们像初见的好友在长聊。半夜里,寝室突然停电,姚军点燃备用的蜡烛。在忽明忽暗的烛光下,他有一半的脸埋在漆黑的夜色中。他很清楚地讲述了他目击的全部过程,以及他和记者同学在那天之后的通信交流……

聊到这里,我停下来喝茶。我看到蒋云脸色尴尬,内心有挥之不去的愧疚。他默默地递一支烟给我,我没有抽烟的习惯。他吸一口烟,说现场的事他什么也不记得。体育老师倒在草地上时,他的大脑瞬间一片空白。他最怕看到血,从小就晕血。他有一年的时间像失魂落魄一样,任凭家里父母随意安排。所以,那一年在他的记忆中几乎空白,从误伤老师开始。

我继续告诉他,体育老师后来从镇卫生院被急送到城里的医院抢救。命保住了,但人残疾了,伤了关键的神经。"不幸中的万幸,否则我一生不得安宁。"蒋云声音低沉,"听父亲说,我差点儿去坐牢。其实,那些年我真希望自己去坐几年牢,在狱中为老师赎罪。"

我吃惊地看他一眼,迟疑了一下,安慰他:"警方最后采用了校长等人的证人证言,当然,还有你家里人的目击证词。

你父亲花了许多钱，还主动联系上海的医生来越州给体育老师医治。他做的这些，大家都看到了。体育老师出院后，学校安排他在图书室工作。"

这二十多年前的往事，至今小镇上还有人有兴趣询问真相。当年办案的民警退休后回了江西老家，此案早已尘埃落定。如果有节外生枝的，都是故事或传说。我对蒋云说，在最初的几年里，确实有几种不同版本的说法在校园和小镇上流传。"总感觉传来传去的说法中有一个幽灵似的秘密。"我说，"说来奇怪，校长退休后，这个案件就像人一样寿终正寝，无人再传了。幽灵一样的秘密，也像肥皂泡沫一样消散了。"

"什么秘密？"蒋云好奇地问。

"不得而知。"我一脸茫然。

"七年前，"我回忆起一件事，"那时，校长退休了八九年，镇上一位新来的民警到学校给我们进行法制宣讲。他告诉我，原本想结合学校的这个案例，这样既生动又效果，但开讲前他放弃了。我问他为什么，他说在调阅案卷时发现案子夹杂了一些主观臆想，包括当事人的心理动机与动因。他问我，如果在误伤发生前，行为人的心理发生了变化，该怎样鉴定？我想，这与文物古董的鉴定有质的区别，因为人的心理历来复杂多变。那你知道案前他们师生间的微妙关系吗，民警又问我。我说相信自己的学生，他们都纯洁无邪，像一张白纸。当然，这话在法律面前显得有点儿苍白无力。"说到这里，我犹豫片刻，突然对蒋云说，"现在，我可以知道当年误伤背后的其他真相了吗？"我问一直保持着倾听姿势的蒋云。虽然对于这类往事，我不好意思开口再问，正如古人所说，伤疤不可揭，但我还是小心谨慎地想求证误伤背后的真正"伤疤"。

蒋云听了，如从梦中惊醒一般。他很犹豫，脸色愈来愈苍白。他显然不想再回忆往事，尴尬地对我笑笑，说不知道什么是真相。但他告诉了我几个与此案有关的细节——因为年龄未满十六周岁和过失行为，他家承担了全部的民事赔偿责任。他父亲在体育老师出院的第三天，带他一起去陶岭看望老师，并带上一笔民事赔偿金。父亲后来让他转学去了上海的中学，并在上海读了大学。大学期间，他对法律产生了浓厚的兴趣。

蒋云阴沉着脸，神情有点儿疲惫。回忆往事让他神情沮丧，说话的声调也显得悲切。他回忆起，二十多年前的那天家宴，他在人群一侧看到父亲带我离开了现场，心里马上猜到个大概——十有八九是父亲带老师去鉴定他收藏的古董，因为此前父亲不止一次详细问过他学校里有没有懂历史懂古董的老师。父亲一走，他感觉院子里的空气自由多了。他原本想趁机与体育老师切磋一下（他们师生课余经常切磋武术动作），很想炫耀自己最近得到的珍贵礼物——上海客人赠送的"越王剑"——春节这些天，父亲破例允许他将宝剑保留几天，他把剑挂在床头，一直在欣赏。但那天与老师切磋交手时，他的大脑突然不听使唤，竟然想到了老师在课堂上用脚踢他的情景，有一次差点儿踢到了他的下裆处。蒋云和同学们都知道老师腿上功夫厉害，课堂上老师习惯用他的腿说话。其实，老师的腿不长，但十分粗壮有力。老师在课堂上曾经说，报考大学时，他原本想学习举重，因担心找不到漂亮的女朋友而放弃。那天，我们离开后，老师与他切磋交流的兴趣大增。开始时，老师与他是缓慢对练，这是体育课堂上准备动作的变异训练，目的是让大家在欣赏中得到快乐。老师自愿做"绿叶"，想衬托学生蒋云这朵"红花"。但在蒋云的步步紧逼下，老师无奈操起身边的一根木棒，变成武侠片中的"剑棍"对决。这时，蒋云的大脑再次出现空白，他的眼睛竟然冒出吓人的火光。等他意识到自己的严重失态时，剑已把老师刺成了重伤……

我想起了现场目击者姚军老师当年的回忆，他至今还在偏远山岗上的一所学校教书。

蒋云知道姚老师被调离学校的事。"是那个下雪的晚上，父亲喝醉了酒告诉我的。这也是父母下决心让我远走他乡的原因。"蒋云皱着眉头说，"这些年，我内心深处的内疚中有对姚老师的一份。"

说完，蒋云坐在椅子上陷入沉思。有一支烟的工夫，他双眼盯着窗外。窗外是空旷的溪滩和虚空的远山，他的身子像木雕似的一动不动。这样看了一会儿，他向我投来异样的眼神。他承认，体育老师那天与他对练时心不在焉，肯定在走神。"他一定没想到自己的学生有这一招一剑。剑逼近在他眼前，他根本不在乎。剑击中了他的脖子时，估计他也不知道这是传说中的越王剑。" 蒋云十分肯定地对我说。

我问："你拜师学过剑术？"

蒋云双手托腮，说："喜欢看港台的武侠小说，其中有一招是'一剑封喉'。"

我听了吓一跳，手中茶杯里的水在不安地晃荡。

蒋云说："特别喜欢那剑式行云流水般的潇洒，但那次失态让我留下终身遗憾。"

我默默不语。想起他父亲收藏的越王剑。这些宝剑历经多少战争，杀戮了多少人，无人知晓。那天我看到的时候，它似乎在静卧休息，那它有像人一样从梦中醒来的时候吗？一旦醒来，便大开杀戒，一不小心伤人害人，在所难免。

蒋云惊疑地瞪大了眼睛："你是说……曾经杀人无数的宝剑，有醒来的时候？"

"都说剑有剑魂。自古宝剑出鞘,剑走偏锋锋芒露……"我想,万物有灵,宝剑应该亦不例外。

"哦,明白了,老师!"他突然站起来,激动地对着老师鞠了一躬。他抿嘴一笑,眼睛突然放光,郑重其事对我说:"剑在,剑魂在。那天,反倒是我的魂让剑魂引诱了一把,误伤了我的老师!"

我听到他的话,笑了。

蒋云说:"你在我家看到的应该是另类的越王剑——送剑的上海客人说,铭文虽然是'鸟虫书',但只有'越王',没有具体越王的名字。不过在剑格上有两个铸剑工匠的名字,一男一女。上海客人是从香港市场买来的,据此推断,说是配对的雌雄宝剑。那天,父亲让你鉴赏的是一把雌宝剑,我私下在玩的是那把雄宝剑。只有在春节,父亲才允许我玩几天。但我出事不久,父亲将两把宝剑都收藏了起来,后来捐献给了越州博物馆。"

"这样处理对案情有影响吗?"我关注真相与公正。

"捐赠是在案件处理后的事,因为父亲相信我是因心中有剑而误伤了老师。他要我一生远离宝剑,否则他将不得安宁。"

我沉思良久后长吁一口气,说:"你父亲也许是对的。不是你误伤老师,误伤老师的是越王剑。你父亲让宝剑远离你,去了它应该去的地方；让你远离宝剑，去做应该做的事。"而我心里想着去一趟越州博物馆，去看看那一雌一雄的越王剑是真是假，但我没有告诉他。

篝火

陈国平喜爱诗与远方。在大学的最后一年，他偶然在图书馆看到一本外国地理杂志的中文版上有介绍会稽山的精美图片和文章。作者的名字不重要，是一个在圣迭戈的旅美中国学者，文中提到"唐诗之路"，作者认为这是会稽山很有价值的一条古文化之路，恰似会稽山幽香的兰花，迷人而深藏丛林，至今不为人知。作者诗一般的语言引起他浓厚的兴趣。他是中文专业的学生，这是他第一次强烈感受到千年唐诗在现实生活中的神奇复活。唐诗有超越时空的魅力。

他在毕业前去了一趟会稽山。不久，在毕业分配填写志愿时，他选择了会稽山的一所中学。他可以留在城里工作，凭他出色的教学实习成绩，但他选择了放弃，让班里的许多同学感到不可理解。父亲支持他的选择。在他童年时，父亲就告诉他，自己的祖先曾经生活在会稽山。从他爷爷开始，一家人从山里搬到了城南，经营起一家不大不小的山货店。他大学毕业后回会稽山工作，谈不上年轻人的崇高理想与抱负。许多年后，他回忆起毕业时的选择，说这是一次"生命的回归"。

8月炎热的一天，陈国平背着简单的行李，手提装着脸盆、茶杯等日用品的网兜，来到会稽山的沙镇中学。这是会稽山的名校，有近百年历史。他喜欢校园的古朴与幽静。学校坐落在小镇的西北角，隔着一道低矮的爬满青藤的鹅卵石围墙，外面就是清静整洁的小镇。星期天走在校园里，他几乎能听到树叶掉在地上的声音。若屏息留意，甚至能辨识不同的树叶落在地上的声音。广玉兰叶的厚重与杨柳树叶的轻飘，就形成明显的反差，走路时树叶踩在脚下，有明显的感觉。植物的多样性，给宁静的校园生活平添了许多乐趣，在他眼里，每一棵树都活得很有个性。他很快习惯了一个人在学校的生活。生活一旦有了规律，他就要给自己寻找一件有意义的事做。不久，他的寝室窗外的枫树上，画眉、斑鸠、喜鹊常来光顾，他来学校工作后的第一个哲学思考产生了：这些鸟刚来窗外的枫树上，所以才看他，还是看他刚来这个寝室，所以才飞到枫树上张望？他伏在窗台上，有时竟然忘了吃饭的时间。不过，他慢慢熟悉了鸟鸣的声音。现在，他早晨起床与午睡，都在鸟鸣声中进行。他在熟悉了校园里上百种花草后不久，与小镇上的热心居民差不多也相识了。

学校有两个城里来的学生。男生读初二，女生读高一，他们都比陈国平早来这个学校。到了星期天，三个人在学校食堂淘米的水槽处遇到了，彼此笑笑。男生的笑阳光灿烂，女生的笑温柔如花，陈国平的笑则很自信。自信是一种美，他自信的笑容在阳光下更显阳刚之美。他询问了他们的名字，男生叫姚力，女生叫傅丽。两个学生在校园里爱穿时尚的水磨牛仔裤，走到校外又喜欢戴上茶色的太阳镜。他们与他一样喜欢山里的空气、水和风景。他们建议老师星期天和他们一起去溪滩水边或山上的树林里玩。年轻人面对寂寞的办法都很简单——逃离寂寞。有时，他们约几个家在镇上的同学，去走远山，或探访偏远的古村。人少的时候，他们去学校附近的溪滩上转。陈国平来学校报到那天，就站在教工宿舍楼的走廊，呆呆地眺望过溪滩。他说，那天面对溪滩，他有点儿情不自禁地出神——溪滩上经常有白鹭结伴飞翔，在空中做着他想做的动作——自由的滑翔和优美的平衡，而后诗意般划过水面，在草丛中戏耍和觅食。

　　入秋后的一个星期天下午，陈国平约了城里的两个学生去溪滩。他认为溪滩上最好玩的是篝火，其次是钓鱼和在草地上采野花。这不是他的凭空想象，他的依据来自学校工会发的一本教工活动手册。这天，他们在溪滩上捡来干燥的芦苇、木柴和茅草，堆成一个小金字塔。男生还在附近找到了一大截枯树枝，这是溪滩上发洪水时从山里冲下来的。两个学生对野外篝火感到十分新鲜和刺激。很快，火的形态从少女般的温柔到恶魔似的张牙舞爪。一阵风吹来，火焰又倾斜成顽皮的猴子，在原地不断地玩着上蹿下跳的游戏。一会儿，溪滩上的风迷失了方向，火焰很快盖过人的头顶。两个学生对着变幻不定的篝火，开心地笑着，感到从未有过的激动和兴奋。这时，陈国平想起童年时父亲带他在秋收后的田野上烧篝火，那不是游戏，是农活。他告诫两位学生，烧篝火一定要控制好火势，需保持与火的安全距离。这是父亲经常告诫他的话。"'玩火自焚'讲的也是这个道理。"陈国平像在课堂上，对两个学生强调，"而且，白天的火更隐蔽和危险！"

　　"为什么？"女生问。

　　陈国平解释说，白天的火隐蔽性强，在阳光下看不清火的边界，只有在晚上，天黑下来后能看到火的整个形态。火苗上蹿时，像神话中的凤凰涅槃，甚至能看到火的灵魂在风中舞蹈，很美。

女生说："下次选择晚上来溪滩。"

男生说："晚上的溪滩漆黑一片，你不怕？"

女生说："有老师在，你怕什么？"

周末的一个晚上，天气很好，两个城里学生都没有回家。陈国平提议去溪滩走走，他用迟到的教师节奖金买了一大堆水果和糕点。他们一到溪滩便分工合作，十分娴熟。很快，溪滩的鹅卵石堆上燃起了篝火。两个学生想验证老师的话——欣赏夜空下篝火的灵魂在风中优美的舞蹈。

真的与白天不同，点燃的篝火像在舞台上，而舞台四周一片漆黑。他们三人像被灯光聚焦在舞台中央。这种感觉从未有过，神秘是今晚的主角。陈国平热情招呼着两个学生在篝火旁坐下，但他们坐不住。他以为他们在黑暗中感受到了恐惧，恰恰相反，他们在黑暗中更加无拘无束、自由亢奋。他们在篝火旁笑着跳着，快乐得近乎疯狂。夜幕更像是舞台上巨型的黑色背景，两个学生看清楚了篝火在风中的舞蹈。男生想起了班里的女生在"五四"文艺演出中跳的独舞，他展开双臂，情不自禁扭起了臀部，让自己的整个身体扭曲成另一类别致的篝火。女生呵呵地笑着，然后像喝了酒一样情绪高昂地邀请老师与她一起跳舞……等两个学生稍稍安静下来，陈国平提起食品袋，建议他们吃点儿东西。他们中的一个说不饿，另一个说现在还不想吃。两个人一前一后围着篝火走了一圈又一圈，眼睛始终盯着在风中舞蹈的火焰。

陈国平猜测两个学生在寻找篝火的灵魂。他挺喜欢学生这副认真寻找的模样。"这是真正的篝火，天越黑，篝火越真实。但要寻找到篝火的灵魂，可不是一件容易的事。"他像预言家一样告诫他们，"这需要人的超强意志与毅力。甚至追寻一生，我们也不一定看到。"

两个学生听了，嘻嘻哈哈轻松一笑，一屁股坐在篝火边，吃着水果与糕点。女生说，顺其自然，但过程挺好玩的。男生说，不在乎能否看到篝火的灵魂，只要开心就好。陈国平说，他们心态好，一定会把今晚寻找篝火的灵魂的事铭记在心。

这时，男生突然说他看到了人影。那人影在篝火的侧面，像晃动的影子一闪而过，但又似乎贴在火焰上燃烧，很快无影无踪。女生听了捧腹大笑，说他莫非真的看到了篝火的灵魂，男生承认或许这是幻觉。结果，两个学生在溪滩的草地上展开争辩。女生只好回过头来问老师，篝火燃烧能让人产生美丽的幻觉？陈国平吃着香蕉，点点头。他认为在篝火燃烧的过程中出现幻觉，这是一种神奇的境界，就像人的思考"豁然开朗"。

他清晰地记得，明代宣德年间会稽人张建明在《会稽笔谈》中有这样的描述，说明古人烧篝火比现代人频繁且观察仔细。他是在越州图书馆读的这本线装古书。在决定来会稽山工作前，他在图书馆差不多找遍了与会稽山有关的资料。他现在不想建议学生去读这类书，他们需要集中精力准备升学考试。

陈国平在沙镇中学工作了三个月后，与城里的大学同学恢复了通信联系。大家以为他去会稽山玩起了失踪。在信中，同学们纷纷批评他，他在回信中都诚恳地接受。接着，大家聊了毕业分配的单位，聊工作的繁忙与无聊。大家的情况与他相似，人总是生活在不完美的现实中。他虽然赞美山里的空气和水，但讨厌周末晚上的寂静无聊。他欣赏城里便捷的公交车和鳞次栉比的高楼，但不羡慕城里人忙忙碌碌的生活。他认为时代的快速发展，正在神话般地拉近城市与乡村的距离。他在信中说的"距离"，大家心知肚明，不仅仅是地理上的，还包含人的精神世界。出于同窗之情，他在信中感谢城里同学的关心，但强调自己不是殉道者，在本性上喜欢随遇而安。在信的结尾，他热情地邀请同学们来会稽山玩。"一起去溪滩上烧篝火，去寻访大学时代的'诗与远方'"，这是他不变的信念。他先后向同寝室的七位男生发去了邀请，但没有一个同学响应，他们婉言谢绝的理由都与各自的特殊情况有关。他又给以前联系较多的几位同学发了邀请函。一周后，他收到了其中一位女生的回复。这位女生在《会稽晚报》工作，在毕业前夕学校的年度诗歌朗诵比赛上，代表班级朗诵过他的原创诗《春天的期待》。她在信中热情洋溢地说："你描绘的溪滩，尤其是晚上的篝火，美若唐诗。如果不是因为新闻采访工作的特殊性，加上刚参加工作很忙碌，真想趁星期天去欣赏神奇的篝火……"读到这里，他难抑激动。推开窗户时，他突发奇想：请女同学利用报社平台帮忙搜集一下关于篝火的资料。他需要古今中外对篝火的各式妙论，关于"篝火的灵魂"，他要旁征博引——私下需要对两个学生有一个交代。一周后，女同学给他邮寄了一大堆关于篝火的杂志。他看了有点儿哭笑不得。他需要研究篝火的文章，而不是写篝火的诗歌、散文和小说。但是旅美作家夏海的小说《夏威夷的篝火》，引起了他的关注。那是一篇科幻小说，在夏威夷的无名岛上，篝火在中秋节的月光下，可以变幻成蓝色、红色和紫色的三色火焰，吸引了大量海鸥飞来海滩，在潮汐声中翩翩起舞，成为岛上一大奇观。陈国平认为，小说中的"三色火焰"已经接近了篝火神秘的灵魂。

有一段时间，趁着城里的同学无暇前来会稽山欣赏篝火，陈国平在校园里静心写作。他的诗歌和散文相继发表在《会稽晚报》和《越州商报》的副刊上。他把发表的散文《梦中的溪滩》给两位城里的学生传阅。学生脸上瞬间露出惊喜的神色，他们竖起大拇指，赞叹老师的文章中竟然有他们的影子，写的溪滩让人如同身临其境。陈国平淡然一笑，把双手搭在学生的肩膀上，告诉他们，生活永远是创作的来源，这原则同样适用于课堂作文。

有一次，在去溪滩的路上，男生问老师："写诗歌难，还是写散文难？"

陈国平说，写文章容易，但发表难。他有一首长诗投稿了，但至今没有成功。

"是什么内容？"两个学生一左一右围着老师问。

"篝火。"他淡淡地说。

"是我们在溪滩上烧的篝火？"女生用探询的目光看着老师。男生在一边咧嘴笑。

陈国平惊奇地发现，说到"篝火"，两个学生的眼睛自然一亮。他心里高兴，篝火已深埋在学生的心底。

"但也不完全是。"陈国平说，"诗歌的核心内容，是我对篝火的哲学思考。"

两个学生听了，若有所思地低着头走路。在溪滩的芦苇旁，他们听着溪水潺潺，思考着老师说的话。

　　这个星期天的下午，师生三人都没有去溪滩上玩。女生手里拿着一份报纸，在教学楼的三楼走廊上拦住了老师。她的脸像春天的映山红。她从操场上兴奋地跑来告诉老师，又从报纸上看到了他的作品。在走廊的扶栏上，女生气喘吁吁地把手中的报纸摊开，陈国平看到了第四版上他的名字。"是一首诗歌，"他呵呵一笑，"我自己早已忘了。"他好奇地问她怎么有这份《越州文艺报》。女生告诉老师，镇文化馆的馆长是她表哥，她从城里来这儿读书就是通过表哥的介绍。陈国平终于明白了这位城里女生来这个学校读书的前因后果。这样的案例在学校还有——学生在自家门口读书效果不理想，或不用功，父母就通过熟人关系在外地学校找个插班读书的位置，目的是让子女换个学习环境，扭转学习上的被动局面。但眼前的傅丽应该是个例外，陈国平知道她在班里的成绩一直稳定在前五名之列，智商和情商都不错。此时，女生用手指着报纸上的诗，要老师解释诗意。他简单地说，这不是一首爱情诗，看似写爱情，却是借物抒情。报纸上这首《溪上的花》，因为时间久远，他已忘了是一件什么事触动了自己敏感的心，但肯定不是心中的爱情。

　　又是一个星期天，晴空万里，真是秋高气爽的好天气。下午，女生径直来到老师的寝室，告诉他晚上还去溪滩烧篝火玩。陈国平发现她今天兴致很高，穿一条流行的港式牛仔裤，上身是宽松的米黄色休闲羊毛衫，与这个季节十分相配。晚饭后，到了平时他们约定去溪滩的时间，陈国平在学校西北角的偏门等学生。等了好久，直到天色暗了下来，食堂高耸的烟囱在暮色中越来越模糊，最后成了一根黑色的蜡棒。这时，女生从食堂后面的寝室赶来，手里提着一个沉甸甸的布袋，一头秀发披散在肩上。她说刚洗了澡，晚来了一步。

陈国平小声问："姚力呢？"

女生说："他没跟你说？"

陈国平摇摇头，一脸疑惑。

女生对老师轻声说："走吧，路上告诉你。"她不喜欢长时间站在学校的偏门口，这里偶尔去溪边洗刷东西的老师经过。

溪滩在学校的西北角，从学校偏门出去，沿着溪边小路一直往西走。路的一边是田野，另一边是临溪的野草和芦苇。

路上，女生告诉老师，今天是她的生日。

"生日，又是星期天，你干吗不回家？"陈国平感到有点儿惊讶。

"这是我的公历生日，在家里，父母都是给我过农历生日。"女生说。

陈国平问:"今晚姚力怎么不来?"

女生感到委屈,对老师说:"下周上课时你狠狠批评他。他还是一个孩子,不懂事,需要加强教育。"

陈国平笑了:"怎样批评教育?"

"他心不诚。上周我特地告诉他今晚的计划,结果昨天下午他找到我,说他老爸开车来会稽山办事,顺便要把他接回家去。"她气鼓鼓地说,"这可是我在会稽山的第一个生日呀!去年生日那天,我回家了。不过,他事先准备了一份生日礼物,凭这一点,我可以原谅他。"她的声调变得柔和了,她笑嘻嘻地提了提手里拿着的布袋,"这是他送的,有生日蛋糕,有苹果、香蕉,还有好吃的巧克力。"

陈国平听着,沉默了一段时间。溪边小路上只有他们的脚步声,偶尔从路边的树上传来鸟叫的声音,像低沉悠长的小提琴,沿着田野和溪边传得很远。

他们到溪滩时,四周完全黑了,天上挂着一轮新月。

陈国平问女生:"怕吗?"

女生平静地说:"有你在,不怕!"

这一问一答似曾熟悉,他想了想,哑然一笑。

他们在溪滩上分头寻找树枝、枯草。他从草丛拖来了一截大树枝。她见了高兴地拍手说:"这个好,可以烧好长时间的篝火。"他则开玩笑说:"你的生日'篝火'应该越烧越旺!"

女生说:"谢谢老师。今晚的'篝火',是我期盼已久的生日礼物。"

陈国平把枯枝条折断,堆放在一起,叠成一个大写的金字,底部空间是一堆厚厚的枯草。他让女生亲自点燃篝火。这是生日的一个重要仪式,女生望着老师会心地笑了。篝火点燃后,她好奇地问老师:"这是我们的第几次篝火?"陈国平想了想说:"第七次吧。"女生颇为动情说:"我喜欢'七'这个吉祥的数字。"说着,她往篝火中添加了枯枝,然后双手合十,在篝火前默默念着什么。他呆呆地看着,溪滩四周一片寂静。

女生要老师给她讲故事。所谓的故事其实是他的人生经历,她喜欢听,在课堂上、溪滩上,百听不厌。陈国平明白了她的要求后,痛快地讲了自己的爱好,他心中的"诗与远方"。她安静地坐在老师身边,脸上映着火红的篝火。他在火光跳跃的韵律中,娓娓讲述了自己的家庭情况,又重点讲了大学同学对自己选择来会稽山教书的诸多不理解。

"为什么非要人家理解?"女生坐直了,看着老师,"我希望自己将来当教师,去报考师范院校。我不要求人家理解,包括谈恋爱找对象,我喜欢的,父母反对也没用。"

"我支持你当老师!"陈国平高兴地说,"去城里当老师吧。"

"为什么?"女生一脸茫然,"当一个山村女老师也挺好呀!"

"老师不能骗你,城里生活条件好,还有其他你想不到的优越条件。" 陈国平仰望星空。

他们对这个问题有分歧。陈国平知道这不是在课堂上,自己没有必要说服她。

陈国平发现,远处火光与夜色朦胧交融处,有几个人影在晃动。借着火光,他们看到黑暗中的人影像幽灵在走近他们——终于看清了,是五个身材高大的村民。"哇!"女生忍不住尖叫一声,她看到这些人手里都操着家伙,有木棒、绳索,还有其他东西。陈国平感觉到事态严重。

空旷的溪滩上,亮起了两道刺眼的强光。来人打开了手电筒,两道强光像两把伸长手臂的利剑,穿透篝火,直插在他们跟前的草地上。

这时,一位穿着迷彩服的男人,走近篝火,来到他们眼前:"别怕,我们是附近村联防队夜间巡逻的。你们在这里干什么?"

陈国平借着火光,看清了这是一位中年男人,左脸上有一道明显的刀疤。

陈国平沉住气,平静地说:"我们是沙镇中学的老师。"

有人在黑暗中发问："那女的也是老师？"

陈国平看不清谁在问，他昂首朝传来声音的方向回答："她是学生。"

"我看两个都不像！"黑暗中传来恶狠狠的声音。

"一起带走！"几个村民附和着。

"带我们去哪里？"陈国平冷冷地说。

"委屈一下，到村委办公室说明一下情况。" 穿迷彩服的中年男人说，"这几天加强了夜间联防巡逻，这是上面的要求。"

这时，女生霍地站起来，坚决地说："我们什么地方都不去！"

她的话音刚落，立即围上来三个男人，其中两人手里拿了绳子，看样子是想来捆绑她。冲突一触即发，陈国平见状大喊一声："住手！"声音像夜空中的一声惊雷，竟然吓飞了一群在芦苇深处的鸟。围上来的三个男人见状往后退了三步。此时，作为老师，陈国平绝不允许有人在溪滩上对学生动粗。他本可以状告这些村民，他们这种粗暴的行为触犯了法律，但他放弃了。

他对村民说："给你们背诵一首唐诗，是写我们会稽山的。你们看看我像不像中学老师。"他不知哪来的灵感一闪，话音一落，四周一片肃静。想动粗的村民把绳子放进了背袋里，又退后了三步，让出一个比讲台大的位置。

局面暂时得到了控制。

陈国平像在上课一样，给他们朗诵了李白的《梦游天姥吟留别》。他背诵得很流利，中学语文课本上有这首诗，这些年轻的村民都听懂了。陈国平对他们说："诗人李白写这首诗之前，到过我们这地方。"

"这是哪一年？"高个子的年轻人侧着脑袋问。

"天宝五年，公元746年，李白从杭州出发到越州，然后到了我们的会稽山，来了你们这一带的村庄，梦游去了天姥山。"

"你在研究唐诗？"脸上有刀疤的中年人不冷不热地问。

"对，会稽山有一条唐诗之路，可惜鲜为人知，包括你们这些本地人，也不大知道。其实，有许多唐朝诗人到过我们这里。"他觉得跟他们讲文学讲历史，比在课堂上讲课轻松多了，因为与村民的互动达到了他预想的目的。

这时，一件意想不到的事发生了。

脸上有刀疤的中年人双手抱拳，对陈国平说："谢谢老师！打扰了。"他转身对伙伴们招招手，"我们走吧。"走了几步，他突然转身对陈国平说，"半夜三更的，你们也注意自身安全！"很快，这一群人像夜鸟一样不留声音地消失在漆黑的溪滩上。

女生被这突如其来的事搞蒙了，仿佛从梦中惊醒，又回到了梦里。她出神地望着村民在夜色中消失的背影，问老师："这是怎么回事？"

"这附近村里的人难道真的相信唐诗？相信李白？相信一个教唐诗的山村教师？"陈国平自言自语。

在回学校的路上，女生心有余悸，问老师一个问题："为什么之前我们在溪滩上烧篝火，从来没发现有人来巡逻？"

陈国平想了想，说："也许那几次我们人多，他们发现了，但不想过问。"

女生突然问："假如我们不烧篝火，溪滩漆黑一片，他们应该不会发现我们吧？"

"但不烧篝火，你的生日就失去了光明和温暖。"

太极鱼

　　这天，他去溪潭钓鱼的起因是一个梦。说具体一点儿，是因为昨天梦见了溪潭里一条顺时针游动的鱼。他叫不上这鱼的名字，但鱼在他梦里晃动着尾巴，一直在游。如果不是校园早晨的铃声把他唤醒，他真不知道鱼是什么时候潜入水底无踪无影的，或折身游离出他的视线消失的。他醒来时，天已经大亮，但梦境十分清晰逼真。他起身坐在床上，睁大眼睛，盯着头上的白色隐花蚊帐，那条鱼似乎还在他眼前隐隐约约地游动。他感觉这鱼不仅神秘，而且漂亮可爱。

　　他把梦里见到的鱼，暂且叫"太极鱼"，因为鱼头的形状很像古代文献中的太极图。上午他在学校图书室查阅资料，生物类图书不多。他从词典上寻找，没有结果。下午，他去了镇图书馆，那里关于鱼的图书更少。找不到相关的资料，他对梦里那条神秘的鱼更加好奇。

根据回忆，他给梦中的鱼画了一个草图，并编写类似词典上的条目。这是他在大学读书时就有的爱好。

"太极鱼，学名'会稽山鱼'，生长在会稽山溪潭深水处，身长三十厘米左右，最长（预计）可达三米。鱼身修长，鱼头形状像中国古代的太极图，故称'太极鱼'。"

在条目的最后，他做了一个备注："此鱼的生存历史有待进一步考证。"

第二天晚上，他把编写好的"太极鱼"资料，给学校里资深的生物老师杜老师审阅。他以为杜老师看了一定十分惊讶。想不到杜老师拍拍脑门，略带兴奋，连声说："这鱼似曾相识！"他边说边摘下眼镜，回忆起自己在一本古书上见过类似的鱼，"但不是'太极鱼'这个名称。"

"那是一本什么书？"他蛮有兴趣地问。

杜老师说："这是许多年前的事，书名早已忘了，在日本北海道札幌学院的图书馆，我见到过一本明代的中文版古书。书中的插图上有一条鱼身修长、鱼头黑白两色的'神鱼'，很像古代太极图。"杜老师告诉他，中国有许多文物，包括古代的珍贵图书，在晚清时期大量外流，这是中国学生在国外读书，尤其是在学术交流时碰到的最令人尴尬的事。"所以，我至今印象很深。"说到文物的流失，杜老师非常痛心。

这位曾经留学日本的生物学老师，老家在会稽山的杜家村。在特殊的历史时期，他从城里被下放到会稽山教书。他喜欢穿一件对襟的棕色休闲服，戴一副棕色的宽边眼镜，面庞白净，已经秃顶。他对年轻老师沉下心钻研学问的精神很赞赏。

"但这不是纯粹的学术研究，"他心存困惑，对杜老师轻声细语地说，"这是一个看似荒诞的梦。"

"不，事实并不那么简单。"杜老师点燃一支烟，笑着说，"许多伟大的科学研究，都始于梦，或者说，从梦中得到某种神秘的启示。"

杜老师见他这些天好不容易静下来的心又要浮躁了，便站起来推开窗户，建议他去溪滩上走走看看。"或许能找到梦里的溪潭，然后顺藤摸瓜，找到'太极鱼'。"杜老师分析道，"大小溪潭很多，看准哪个更像你梦里的。"

他听了拍拍手，认为这是一个简单可操作的办法。

这天下午，他右手拎一个塑料水桶，左手提一根钓竿，一个人寻找梦里的溪潭。在走过十八个溪潭后，他发现路边有一个像教室那么大的溪潭，眼睛一亮。溪潭边有一棵小柳树，像梦中的恋人在风中久等。风一吹，树上的小枝条齐刷刷地挥舞起纤细的手臂，像在招手欢迎他。这是梦里见到"太极鱼"前的一个经典画面——他曾被无数细小的柳枝扰乱了心——他确信这就是梦中的溪潭。在潭边草地上，他找了一块大青石坐下。溪潭的水有时候草绿，有时候紫红，现在则是水天一色的蓝。周边环境幽静，水草丰美，阳光像田野上熟透了的金色稻谷，洒在身上有一种沉甸甸、暖洋洋的感觉。这种感觉让人容易入睡。他钓了一会儿鱼，就梦见一群学生沿溪滩来寻他，且都是熟悉的学生。他问走在前面的学生，怎么不在课堂上学习？没有一个学生正面回答他。等到后面的学生走到他身边时，学生们一起反问他，怎么一个人在偏僻的地方钓鱼？他用手按住前额，无法回答学生。其实，他无法回答自己。他不知道自己喜欢在这里钓鱼，而且专心致志。一个脸圆圆的女生说，钓鱼可以排遣寂寞。一个高个子男生说，这里能钓到不一样的鱼。他朝声音传来的方向点点头，算是同意学生的意见。学生们围在溪潭边，与他保持一定的距离。他们不再询问老师，似乎很快领悟到了老师钓鱼的意图。他想，这些站在水边的学生，比坐在教室里读书的更聪明。他有点儿飘飘然，他找到的溪潭竟然是智慧生长的宝地。

他记得来学校报到那天，一个人在操场上待了一个晚上。他在仰望天空时，看到头顶的星星又大又亮，心灵强烈震撼。他兴奋了好久，接连几个晚上，一个人看星星。他看到星星离他越来越近，有几颗大一点儿的，还差点儿朝着他的方向——应该是偌大的会稽山——奔来。他写信告诉了毕业分配到城里的同学，让他们周末集体乘客车来会稽山分享这梦幻一般的星空。不久，大学同寝室的同学来了。来了四个人，看了一个晚上星星，喜悦之情难以言表。他们在星空下唱起了流行的校园歌曲《酒干倘卖无》《明天会更好》。晚上，这些城里来的同学聚集在操场上，一边数着天上的星星，一边开心地歌唱。同学中的天文爱好者，十分自信地告诉他，有几颗重要的星星，在城里的夜空中已经消失。有几颗星星在逃离城市，却在会稽山重复出现。另一个数学爱好者、他的下铺则告诉大家，在会稽山的夜空中存在一个最大的数，这最大的数就是天上的星星。同学们的这些发现，让他再次仰望星空时，陷入了无边的寂寞，因为他喜欢长久思考。第二天早晨，有一个同学要提前回城。曾经是寝室长的同学告诉他，那个同学受不了山里的寂寞。他听了深感内疚。一周后，他在操场上仰望星空时，突然有了一种莫名其妙的感觉——天上的星星都很寂寞，而且星星越多，寂寞越深。他终于有了新的发现——自己看到的灿烂星光，其实都是千万年前的寂寞无奈。

　　这些年在会稽山教书，毫不夸张地说，他一直在与山里的寂寞抗争。他快乐是因为暂时摆脱了寂寞，他烦恼是因为重新陷入寂寞。当寂寞成为挥之不去的烦恼时，他感到人生的痛苦远比会稽山沉重。这时，杜老师约他去校外古道散步，一路上告诫他，走出寂寞的唯一办法是让心灵远离寂寞。他想调离会稽山的学校，去城里工作。这是许多年轻人陷入寂寞后不能自拔，想到的最好方法。他很认真地询问了杜老师。杜老师听了呵呵一笑，说这不是唯一的办法。杜老师告诉他，自己也经历过很长一段时间的寂寞与烦恼，直到有一天喜欢上钓鱼，又在钓鱼中沉浮了许久，发现自己不再烦恼。这年冬天，杜老师把年度教学优秀奖让给了进校不久的年轻教师。"当你走出寂寞时，许多人会对你刮目相看，甚至不理解。"杜老师提醒他，"现在的情况相反，许多人理解你、同情你，是因为你还没走出寂寞与烦恼。"为此，他在会稽山做了一连串梦，直到梦见从未见到过的"太极鱼"，他开始钓鱼。他现在多少能理解杜老师对他梦中"太极鱼"的解释。

　　一周后，他选择在月圆的时候去钓鱼。他在日本北海道一位僧人写的书中读到，凡是名贵的鱼，它们天性喜欢月光，不喜欢阳光，这与鱼的生存习性相关。书中说，月光越好，名贵的鱼在水中寻觅食物和玩耍的时间越长。他承认鱼与人一样，喜欢世间的美好，喜欢自身的舒适，喜欢享受生活。他认为会稽山有比日本更纯的月光，其光色不亚于日本北海道。此书名为《神秘之鱼》，是杜老师赠送他的。杜老师听说他梦见了神奇的鱼，立马想到自己的书架上有一本关于探求鱼的二十八式奥秘的书。杜老师说，这是日本近代生物学"怪才"木森教授出家后写的书，他收藏了二十年。"书中有一章还提到了会稽山的鱼。"杜老师忍不住掩嘴而笑。他听了却瞪圆了眼睛，感觉自己像一条直立的鱼，在近距离地看杜老师。那天晚上，他有一种异样的感觉，自己梦里的鱼或许早已存在，在会稽山的另一时空，只是无人知道，包括他自己。他正出神地想着，杜老师在书架上找到了这本书，并翻到《后记》。杜老师说，作者的父亲曾来过中国，他根据父亲的回忆，讲述了会稽山的溪潭里一种神奇的"月亮鱼"。说到这里，杜老师合上书，风趣地说："所谓的'月亮鱼'，其实就是民间传说中喜欢在月光下的溪潭里跳舞的鱼。"

二十二年前，杜老师曾经一个人去会稽山溪流上的一个石洞探险。杜老师讲述往事，喜欢把时间放置在前。那年他参加了华东地区承办的首届环太平洋国际生物学的年会，在会上，他提交了学术报告《关于会稽山区生物多样性及其历史演变》。杜老师对民间传说颇感兴趣。会稽山生物在深不可测的溪流石洞中，演绎了神乎其神的民间传说：有一种有灵性的鱼，每年农历九月十五从石洞中游出，在月光下的溪潭翩翩起舞……杜老师为此进行了长达九个月的观察研究。杜老师认为民间有不少颇有研究价值的传说，但古人在这方面留下的文字资料稀少。"不论是日本人书中的鱼，还是会稽山民间传说中的鱼，包括你最近梦中的'太极鱼'，都可信又不可信。最好的方法是实地钓鱼，用科学的实证法。"这是杜老师的忠告。一周后，他读完了日本人写的书，有些不以为然。他把书归还给杜老师，站在宿舍楼的阳台上眺望溪滩时，依然固执地认为，会稽山神秘的鱼，还是自己梦中的"太极鱼"。

　　不久，他第二次梦见在同一个地方钓鱼。他记忆力惊人，回忆梦里的场景，可以具体到溪潭边那棵小柳树在风中弯曲的样子。杜老师说，这在哲学上是不存在的。大学老师在课堂上也这样说，人不可能两次踏进同一条河流。但他还是自信，在深不可测的溪潭，存在着不为人知的鱼，从远古到现在。他梦里的"太极鱼"，只是其中之一。

　　他最早产生钓鱼的念头是在一年前。那次他在梦中遇到的是学校里一位刚退休不久的老教师。他大学毕业到学校时，老教师正在办理烦琐的退休手续。退休后的老教师参加了学校工会组织的"夕阳红"活动，他们曾经在校园里见面聊过天吧，不然那天梦里老教师不会主动跟他打招呼，更不会主动告诉他，而且不厌其烦地用手指点方向，说学校西边四公里外的溪滩上，有一座民国初年被废弃的神庙。神庙的废墟下是深不见底的溪潭，潭里有名贵的冷水鱼。这些鱼，目前在小镇的农贸市场上几乎见不到。他问老教师，那个溪潭里有哪些名贵的冷水鱼。此话一出口，梦突然醒了！第二天，他没有将梦里的故事与办公室的老师们分享，因为他想日后把梦里中断的故事延续下去。三天后是周末，晚上他果然在梦里带上水和干粮再次出发，去四公里外的溪滩走了一趟。到了溪滩，他首先寻找神庙。溪滩上芳草萋萋，却见不到一个人影，只有风在草地上游走。也没有三天前梦里看到的断壁残垣，他在两只黄蝴蝶的引导下，继续在草丛里寻找神庙的废墟。他吃完了干粮，走到溪滩下游时，看到了溪潭，与上次梦里老教师告诉他的一样，他感觉这不是一般的溪潭。它首先在他的梦里出现，后来呈现在他的眼前，让他感到了溪潭在时空中的神秘变幻。溪潭四周水草丰茂，水面平静，水色像晴朗的天空一样蔚蓝。他几乎是心怀敬意地在潭边的草丛坐下。但直到太阳下山，他始终没有见到溪潭里的名贵的鱼。他也不知道那些冷水鱼为什么名贵。他坐在溪边歪着脑袋思考着这个问题：他真的需要名贵的冷水鱼？他需要冷水鱼干什么？这样想着头痛，梦就醒了……他起身茫然地坐在床上。鸟飞到窗台边，叽叽喳喳，似乎在讲一些与他无关的内容。

这天早餐后，他去了办公室。办公室只有杜老师一人在备课，他把梦见的退休老教师的情况完整地告诉了杜老师。杜老师惊讶地放下手中的笔，沉思片刻，对他说："你可以去寻找梦里的地方钓鱼。"

他感到困惑，问杜老师："为什么？"

杜老师平静地说："也许你有意想不到的收获。"

那天月夜钓鱼，他两手空空地回到了学校。第二天早上，他去找杜老师。杜老师在寝室里吃早餐，桌上放着一杯豆浆，碗里是两个面包和一根油条。杜老师在手剥水煮鸡蛋时，看到了他黑沉的眼圈和疲惫的神态，知道了他在夜里钓鱼的辛苦。杜老师安慰他，说十年前自己在溪里钓鱼，比他现在辛苦十倍。

"为什么？"他等杜老师慢慢咽下鸡蛋之后问。这次聊天，杜老师钓鱼的细节打动了他的心，让他颇受启发。

杜老师说，一个人最累最苦的是心。那时候他父亲肠癌晚期，他的心一下子跌入冰窖。他从镇卫生院的一位老中医处得到偏方，说溪潭的冷水鱼，尤其是名贵的冷水甲鱼加灵芝熬汤，可治疗他父亲的病。那年大雪，他在雪中钓鱼。"独钓寒江雪，"杜老师说他是古诗中活着的钓鱼人。镇文化馆的一位摄影爱好者，在大雪中的溪潭边拍了许多富有诗情画意的照片，其中就有一张是杜老师在雪中钓鱼。这张照片还获得了《越州晚报》迎新年的摄影大奖。杜老师不在乎摄影家在雪地里怎样拍摄他钓鱼，他关注的是溪潭里的鱼，钓鱼时全神贯注，做到了专心致志。那天他运气真好，钓了一大一小两只甲鱼，大的有一斤七八两，小的也有一斤左右。办公室的老师开玩笑，说这是一对舍身救人的甲鱼父子，也有人说是一对殉情的甲鱼情侣，都说得悲壮而令人动容。家里人在看到两只甲鱼在木桶里敏捷地翻身和反复攀爬到桶口后，都不忍心杀了它们。这样，杜老师心里矛盾了两天，那两天比他在雪中钓鱼还累和苦。最后，在病重的父亲的劝说下，杜老师把两只甲鱼放归溪潭。他给父亲炖了其他冷水鱼的汤，添加了不少灵芝。父亲最后还是离世了，但走得十分安详。老中医闻讯后不无遗憾地告诉杜老师，那两只冷水甲鱼若熬汤，至少可以保老父亲多活两个月。

杜老师钓到两只野生甲鱼又放生的故事，他来学校不久便知道了。办公室的老师在闲聊时聊到溪潭越来越少的冷水鱼，自然想到杜老师钓到的那两只名贵甲鱼。从理论上讲，溪潭里的深水甲鱼应该越来越多，他咨询过杜老师。杜老师说，甲鱼在整个会稽山的溪流中，难以独善其身，但钓不到甲鱼，又不能简单地认为甲鱼越来越少，如果甲鱼的生活习惯与其他冷水鱼不一样。他明白了杜老师讲的道理。

现在，每个周末下午，他都有兴趣去钓鱼，动机其实很简单，但不能说。他在办公室缄口不提钓鱼的事。他与大学同学在信上交流时，谈到钓鱼也是一笔带过。交流最多的是在城里工作的他中学时的同桌，她一直在等待他有机会去城里工作，对他钓到名贵的冷水鱼，总是充满不一样的期待。他为此曾在信中许诺，把钓到的部分冷水鱼给她送去，她却十分干脆地拒绝了。他希望像杜老师那样钓到两条甲鱼，然后全权交给她处置。她在信中再次放弃。他后来神秘地告诉她，他梦见了鱼头像太极图一样的鱼，她在信中直言不讳："你离成功已经不远！"现在，为了她这句话，他必须坚持，并小心努力，让自己每次钓鱼都有感觉，都有收获。与此同时，在不同的时空，他想到的不是溪潭深处的"太极鱼"，而是校长正披星戴月地骑着自行车赶回老家山村。他从杜老师那里知道，校长的母亲卧病多日，到了肝癌晚期。他从杜老师的科研成果中整理出一份资料，确信溪潭深处的"冷水鱼"的营养与药用价值非凡。他没有直白地告诉杜老师自己的想法，他相信杜老师能理解。

一次晚饭后去溪边散步时，杜老师从另一角度告诉他，从溪潭深水处钓到的鱼，主要是一些名贵甲鱼、鳗鱼，有一定的药用功效，这已被越来越多的人所知道。这类鱼不容易上钩，有生物学的原因，也有环境和其他复杂的原因。"人与鱼其实也是一种缘分，越名贵的鱼，人与它的缘分感越明显。"这是杜老师的观点。他一直认为人与蟑螂、老鼠同在寝室，不分四季地相处是一种缘分，但现在他越来越相信人与水中的鱼有缘分。他相信梦中的"太极鱼"应该是世上最名贵的鱼，但要在水中见到，或许需要千年的缘分，他甚至从心理上做好了钓一辈子"太极鱼"的准备。他现在每次都能钓到野生的鲫鱼、黄颡鱼或黑鱼，这些鱼也生活在深水，但杜老师的解释令人信服："出身不同，或身世不一样，价值也不一样。"他想到了他的家庭出身问题——爷爷曾经是地主出身，三十多年后影响到了他的毕业分配。他心一烦，收回了渔线。过了好久，他才重新把渔线抛出去，这回抛得更远了。他愤愤不平地想，渔线抛得越远，越接近溪潭中心，钓到名贵鱼的可能性应该越大吧？

有一次，他在钓鱼时遇到了溪的上游发大水（上游在下暴雨），滔滔溪水漫过了溪滩。这在雨季、台风季节经常发生。这时，鱼在溪潭里有了它们一生中重要的选择：或随大水顺流而下、逆流而上，去周游各地；或固守溪潭，静观水势变化。

他关心的自然是梦里的"太极鱼"选择走还是留，他想不出答案。他想到了自己在会稽山，是走还是留，似乎都有理由。

他感觉最近自己的想法有点儿怪，因为他站在了鱼的角度，他会有成为一条真的"太极鱼"的时候吗？

从大学毕业分配到会稽山教书，至今已经整整六年。起初，他经常做一些乱七八糟、荒诞不经的梦，甚至是恐怖的梦。梦里，他突然毫无理由地被学校辞退，突然从会稽山的高山坠入山谷溪流，又突然莫名其妙遭到歹徒的追杀，只有拼命地奔跑。三年后，他的梦里出现了有情节的故事，有会稽山的各式人物，好人、坏人、熟人、陌生人都有。为此，他重新研读弗洛伊德的《梦的解析》。这本书他在大学时代读过，那时完全出于消遣或赶时髦的心理，一个晚上躺在床上可以看许多页。现在他看得很慢，有时候一页的内容足够他联想一个晚上，这与寂寞无关。而且，他喜欢课余在办公室与同事探讨梦里发生的故事。梦里的故事虽然荒诞，但他总想找到破解的密码。他希望梦里出现与现实生活接近的事，给人以某种启示或预兆。他最想知道关于工作调动的事，他想调离会稽山，去城里的学校。他来这所学校的第三年，向校长提交了申请调离的报告。从那以后，他每年都提交，申请调离的理由越写越充分，而校长审阅越来越耐心，有点儿像他在溪潭钓名贵的冷水鱼一样。

一年前那个晚上，他梦见了废弃的神庙边上的溪潭。此后，在梦里，他经常出现在溪潭边。直到有一天，他清晰地看到清澈的溪潭里一条鱼缓缓游动，游的样子调皮又快乐。鱼在侧身贴着水面时，从岸上看去，鱼头像水中的太极图。他瞬间惊呆了，但似乎明白了这是梦的隐喻。梦醒后，他在日记中详细记录了整个梦的过程，并为那条鱼画了一个草图，取名"太极鱼"。

这一年冬天，下了一场罕见的大雪。他想起了十年前杜老师在雪中钓鱼的事。雪后第六天，城里的邮车摇摇晃晃开到了山里，他接到了工作调令。他在雪后调离会稽山的这所学校，在许多同事看来有点儿突然，甚至荒诞。一是调离发生在冬天，历史上从未有过这样的先例；二是他为人低调，在此之前专注钓鱼，没有调动工作前上下活动的任何前兆。但在他心里，这一切都有预兆，他平静地接受了。五个月前，他大学时的班主任出任教育局局长，这信息与钓鱼无关，与"太极鱼"也无关。他写信祝贺班主任，并汇报了自己至今仍在会稽山这所学校工作的现状。局长用毛笔亲自书写了回信。这封信被他收藏在一个精致的木盒子里。他喜欢班主任的墨宝，读书时就非常欣赏他的书法。被分配到会稽山后，他立志在溪滩岩石上练书法。他将想法写信汇报给班主任，班主任为他量身定制，让他先学颜体，后学二王，在会稽山溪流中书写，十年磨一剑。后来他参加了市里和县里的书法比赛，在晚报的"会稽山杯"书法比赛中获得金奖。许多时候，他一边钓鱼，一边回忆班主任信中的话，这样，那些寂寞的时光比溪水流得还快。他把钓到的大大小小的冷水鱼，按同桌的建议，全送给了校长。有虾、鲫鱼和野生的黄颡鱼，唯独没有民间传说功效极好的冷水甲鱼。那些天也是校长最忙最累的日子，他白天在学校处理各种事务，晚上骑自行车回到村里的老家，炖冷水鱼汤给老母亲喝。有一天，他在校园寒冷的晨风中看到校长清瘦的脸和塌陷的眼眶，心疼得忍不住暗自流泪。

校长的母亲病故，他请假去了校长家吊唁。他一直想去校长家看看他们村的明清古代建筑，尤其是会稽山的石屋民居，很有特色。他看到了，厚实的石屋里，校长一家人挤在一起痛哭流涕，但对一个远道而来的吊唁的外乡人，他们都停止了哭泣，对他心怀感激。他走到老人的遗体前，毕恭毕敬地鞠躬，双手合十。他用自己家乡的习俗，默念老人一路走好。他要赶回学校上课了，校长穿一身白色麻衣，站在屋檐下目送他。他走过一道篱笆，回头望见校长依然站在屋檐下目送他，他心里一热，理解了校长每年对他申请调离的报告的耐心审阅。

调离学校的那天，他向杜老师告别。他对杜老师很敬重，进校不久就知道杜老师的家庭背景非同一般，又是学校年龄最大、学问最好的老师。在会稽山小镇，杜老师是唯一从国外留学归来的人才。他欣赏杜老师的学者气质，开阔饱满的前额和一双饱含智慧的眼睛。在校园，杜老师就是一棵大树。这些年，他碰到不少人生难题，总是喜欢在"大树"下找杜老师咨询。那天，在食堂边的花园里，他见到杜老师弯着腰在观察入冬后的美人蕉和青藤。一阵简短的寒暄后，杜老师开着玩笑说起了他梦里的那条"太极鱼"。杜老师说，从宇宙生物学的角度说，梦里出现的生物都是存在的，不同的是时空。钓到的鱼，可以被理解为与我们在同一时空，梦里的鱼或许在不同的时空。他呵呵一笑，告诉杜老师，离开会稽山，梦里还会出现"太极鱼"。杜老师肯定地说，完全可能，因为每次钓鱼，他心里都有一条"太极鱼"在游动。他说，不瞒杜老师，这些天在溪潭钓的一直是心中的"太极鱼"。杜老师挺直了身笑笑，建议他调走后把梦里的那条"太极鱼"放归溪潭。

会稽山居

一

我退休不久，在《越州晚报》上发表了一千七百字的文章。这天晚上，几个经常联系的学校同事打电话给我，说我退休在家，不去溪边玩钓鱼，却喜欢在报纸上转弯抹角玩"回忆"？第二天，七十八岁的老校长打来电话。电话里他嗓门很高，开口就像打雷一样，问我在《越州晚报》上发表的故事确有其事？他以前在校时怎么一点儿不知情？我听了咯咯地笑，因为我无法在电话里跟他说清楚。老人思路依旧清晰，喜欢直奔主题，我欣赏他这山里人的性格。他比我早退休十八年，但我们一直保持着联系。

对于三十年前的往事，我在晚报上发表的文章中都说了，这是我个人回忆的一个片段——三十年前我从溪滩回到寝室，晚上在梦里想到绘制一幅"会稽山居图"。至今，这幅草图与我的《会稽山居》一书的初稿，都完好无缺地保存在我的旧书箱里。

我讲的故事其实与溪滩有关，《越州晚报》上的文章只是这个故事的引子。文章中提到的"溪滩"在会稽山腹地，在我工作的地方。

二

我忘了第一次去溪滩的确切时间。三十年前的那天晚上，记忆中是周末，月光雪一样洁白，我们三个人身披月色去溪滩上玩。我在文章中说，我天生不怕孤独，另外两个人和我一样喜欢孤独。周末的学校特别清静孤寂，与我同时分配到学校的两个年轻人，我们喜欢在一起，用今天的话说是"抱团取暖"。我们经常在周末去校外找地方玩。那时，会稽山小镇像世外桃源，清静得似乎被上帝遗忘了几个世纪。镇上还没有我们年轻人喜欢的歌舞厅、电影院。一条小街的尽头，开着三四家简陋的台球室和录像室，这是唯一能吸引学生也吸引我们年轻老师的娱乐场所。老板中有小镇上卖水果的农民，也有来小镇临时打工的外乡人。我们去离学校最近的益民台球室玩过几次。教数学的王卫十分敏感，他说那里面的空气酸溜溜的，总有一股怪味。我们的解释是长途运输的烂水果味道重，尤其是南方的杧果和菠萝。我有一次不小心一脚踩在地上的烂香蕉皮上，差一点儿撞在年轻漂亮的老板娘身上，幸好老板在外面忙生意。刚分配到学校的那段时间，我们老实得像企鹅，在校园里陪那些老教师白天打乒乓球，晚上玩扑克。但时间一长，我们都有点儿玩腻了。月夜去溪滩上玩是我的建议，我喜欢月光下起伏的山峦。

那时，学校里最关心年轻人的是校长。在他眼里，我们永远"年轻"，直到他退休离开校长岗位了，在电话里还说"你们年轻人"。记得我们被分配到学校的第一天，天出奇地热。晚上，校长摇着纸扇，光着膀子，穿一双走起路来咔咔响的拖鞋，来我的宿舍。他那时五十岁不到，脸色黝黑，讲话底气十足，声音洪亮。他喜欢家长里短地与我聊天，聊到我父亲有失眠症时，他推荐我回家时带点儿会稽山的野生灵芝。他说会稽山的灵芝药效不错，山里人晚上睡得安稳，野生灵芝功不可没。这件事着实让我感动。他走后，我一个人在宿舍来回走动，晚上在床上辗转反侧。我把感受详细地记录在日记里，第二天找到另外两个老师，一问他俩，果然，校长昨晚也去了他们宿舍慰问。而且，聊的内容和形式与我日记上记的一模一样——从个人的成长经历到父母的健康情况。我想，我们三人被校长关注，这是"不同的时空，相同的爱心"。他俩听了都掩嘴而笑。当然，校长与我们聊的核心还是年轻人应树立扎根于山区的教育理想，这一点，我们三个大学毕业生都听得很明白。就算校长通宵聊天不提"理想"这个词，我们也完完全全感受得这理想就像会稽山灿烂的星空一样。校长后来在一次教师节座谈会上说，他欣赏那些盘旋在群山之顶的雄鹰，但更喜欢屋檐下筑巢的勤劳的春燕。我们新来的年轻人都能听懂他的言外之意。

校长倡导年轻人一辈子致力于山区教育，是有其时代背景的。那时，许多在山区工作的年轻人，千方百计去了城里。那些一时去不了城里的年轻人，干脆辞职去了南方。我刚大学毕业，一没多少人生阅历，二没闯南方的能力，但想到了去溪滩创业——这是校长三十年后在电话里反复追问的事，他说自己一直被蒙在鼓里。那时这确实是我们最好的扎根方式。

那天晚上我们去了溪滩，学校里无人知晓我们神秘的行踪。回来的路上，我们相约第二天白天必须再去。这是我们做事的风格——小心求证，大胆实践。

与晚上悄无声息的神秘相比，白天站在溪滩上，我们都显得特别高大。这可能与视野有关，或者与此时的心情有关——站在阳光下的溪滩上，我们有一种激扬文字指点江山的情怀。

我们三人中，王卫个子最矮，体育老师钱小军最高，他自称有一米八，我居中，身高一米七四。王卫爱穿流行的灰色西装，讲究风度。钱小军一年四季喜欢穿蓝色运动服加白色运动鞋。我自由惯了，平时穿有条纹的夹克衫，这样行动方便。

那些日子，站在溪滩上，最平庸的人也会瞬间变得高大起来。这是我记忆中最不可思议的时光之谜。在我们的想象中，眼前的这大片充满生机的溪滩和溪水不属于会稽山，而是与我们一样，属于未来。我自然想到了会稽山的远景——这远景与我们眼前的生存密切相关——譬如，最现实的是让小镇上漂亮的女孩爱上我们年轻教师。我们三个人一致认为，这是会稽山最重要的未来。

因为年轻，我们血气方刚，站在溪滩上，双脚腾空一跳，感觉头顶能触碰到天上的云。待双脚轻松落地后，最想改变的还是自己的命运。

我们在溪滩上畅谈了三个白天加三个晚上的理想——钱小军希望在溪滩草地上教小镇的老人学打太极拳，做健身操；王卫想在溪滩上办个数学尖子班，全封闭式教育，让山村孩子破

天荒地考上北大、清华；我喜欢柏拉图式教学，在溪滩上自由
自在地与学生畅谈人生、文学、哲学。这些理想其实被我们反
反复复确认了多次，但需要在实践中得到检验。我每次回寝室
补写日记时都会发现，理想的内容大致相似，但时间像溪流有
规则地流淌，溪水流过的地方就像人生的溪滩。久而久之，我
在日记本上有了重大发现：溪滩上原本就存在着我们的精神乐
园，这也是一个意外发现——它存在于我们之前，但认识它需
要时间。

三

退休这一年秋天，我一个人去寻访溪滩上一家新开的民宿。
据《越州晚报》报道——我怀疑这是一种变相的广告——这家
"南山民宿"的设计风格独特，首席设计师是美国加州理工学
院的白朗教授。不久，《会稽商报》用了整个版面，进行图文
并茂的报道。我坐不住了，决定去一趟这家民宿，见一下世
面——据说是国内一流的民宿设计。其实，在"南山民宿"之前，
溪滩上已经有了多家"南山民宿"。它们没有引起我足够的关注，
很大程度上与宣传没跟上有关。另一个原因应该是我老了，许
多习惯正在改变。譬如，去溪滩散步，以前喜欢走野草没膝的

小路，说不定还能捡到鸟蛋、野鸭蛋，现在习惯走平坦的老路，还担心草丛里有蛇。以前对溪滩上的建筑物，哪怕是孤独的水文检测站，我都特别感兴趣，就像溪滩上突然来了外星人，除了远距离欣赏，总有时间总有机会走近它，探个明白，现在哪怕是连片的民宿建在溪滩上，都与我无关。我曾经这样寻思——是报纸上"南山民宿"的广告，无意间唤醒了我年轻时遗留在溪滩的许多梦——2023年秋，退休后第三天，我去了熟悉的溪滩，感受晚报上所谓中西合璧的最新民宿。

我先在电脑上找到"南山民宿"的网址，从图片介绍中试图分析出它的设计理念。其实，与报纸上的介绍大相径庭，但与我想象中的民宿十分吻合。在现场，许多场景我一点儿都不陌生，只能用"似曾相识"来形容。我自然想到了陶渊明的"悠然见南山"。

现在，我想告诉我的两个许久未谋面的同事——这些所谓中西合璧的新潮民宿，其设计理念在三十年前我们就想到了，包括自助式就餐、个性化娱乐、复制会稽山明清时期民居生活图，甚至唐宋式民居情景复原，我们那时都考虑过。从文化理念上说，我们推崇南宋的江南民居。唯一没来得及细想的是，全球互联网的超速发展和今天的数字经济对我们生活的影响。想到那时候钱小军对"大哥大"特别崇拜和羡慕，我的想象时常会出现结构性空白。我承认,现在这些民宿的数字化设施,互联网在娱乐生活中的普及与应用,超乎一代人的想象,这是时代发展的巨变,也是我们无法预测的未来。

晚上,我一个人坐在阳台上静静思考。思考久了,我回屋写了一篇回忆文章,第二天用电子邮件的方式投给了《越州晚报》。

四

那时,我们站在荒无人烟的溪滩上,为何会有这样不俗的想法?这是我在回忆文章中讲述的故事。

故事从月光下我们三人穿越溪滩后返回学校开始。这天晚上,我们三个人都没有睡好,第二天上午我们都知道了,三个人在各自宿舍的床上胡思乱想了一个晚上。上午,我们相约去了溪滩外围观察。下午,三个人在我的宿舍聊天时,不约而同想到在溪滩上建一个巨型的圆环院子,院子里有我们各自居住的小院。院子面朝溪流,可以看到溪滩的宁静和辽阔,尽头是连绵起伏的远山。远山挡不住院子的阳光,但能留下落日的辉煌壮丽。这是我们三人共同的理想生活。我心里明白,这样的院子如果在海边,就是诗人笔下的"面朝大海,春暖花开"。

会稽山的民宿必须是艺术。艺术的溪滩建筑，加上富有诗意的内在设施，幽美的周边环境，人们可以亲近溪流和溪滩的自然之美。我把这框架设想在我们文科办公室的小范围一讲，有人表示理解，也有人表示异议，还有人嘀咕在国外可以找到这样依山傍水的院子——这就找回了我们思路的出处：国外可以有，为什么会稽山不可以？只要是这个星球上存在的，皆有可能出现在会稽山的溪滩上。这大概是我们创办民宿的雏形。

建一幢有诗意的院子，利用会稽山得天独厚的自然资源创业，是我们三个工作不久的年轻人最初达成的共识。这样的"共识"，我们称之"缘分"。这缘分，如果你要去深入细究，我还可以写一两篇回忆文章发表在晚报上。那时，他俩喜欢在我的宿舍里聊天，一到周末，我们就相聚在一起。我提供优质的高山云雾茶，大家可以在云里雾里交流思想。我建议三个人尝试合伙开公司，因为现实已经有成功的案例——会稽山有几个民办老师辞职创办了工程公司和水电公司，还挖走了学校一些代课教师去城里发展。王卫是个与众不同的人，这是校长在许多公开场合的观点，他设想，我们开的公司应在会稽山独一无二。他反对搞土木建筑工程，反对搞养殖种植农庄，认为这些都不是我们教师的优势。王卫在客观分析我们的处境与优劣势后，说教育与文化是我们的强项，也是我们在此生存的理由，尤其是教育。钱小军喜欢附和我俩的观点，他认为王卫说得有理，文化或教育方面的公司更适合我们。我承认王卫的点子多，他对教育感兴趣。钱小军有很强的执行力，适合公司的内部管理与对外营销。这些想法在我脑海中快速闪过，我说会稽山有丰富的旅游资源，现在还没人去认认真真地关注。"我看好会稽山的溪滩，那是上帝在千万年前备下的礼物。给谁？上帝对所有人一视同仁。但我们可以抢占商机，先行一步，相信上帝不会反对。"说完，我哈哈大笑。

我接着乘兴告诉他们——想写一本题为《会稽山居》的书，以会稽山的自然环境做背景，以民宿为核心，形成一个完整的旅游文化圈，我们三个人合作创建的会稽山民宿是平台，也是这旅游文化"院子"的篱笆围墙。我说这话时，自己也暗自吃惊，因为写书的想法昨夜很晚才浮现在脑海，现在还像浮冰一样空空地在脑海里漂，我没有深思熟虑过，也没有一个字的写作提纲，全凭一腔热血想到一个好听的书名。至于民宿公司的结构与运作，还在空无一字的书中。"哈哈，理想很丰满，"想不到王卫得意地说，"书名好！民宿虽然陌生，但未来可期。"钱小军用劲地拍拍手，冲我一笑："创意很大胆。"他说得更直接，"确实，人生能有几回搏？我们支持你，听你的！"王卫听了击掌赞赏。直至今日，我依然感到不可思议，当初我的这些如诗似梦的想法，居然让他俩奉为经典的商家策略，并发誓严守商业秘密。我们三人不约而同地举起了拳头，颇有宗教的仪式感，神圣而神秘，现在想来，简直是魔法附身——我只能这样解释。

三个人创业所冒的风险，大家心知肚明，一旦泄密，我们将在校内无处安身，甚至有被学校辞退的可能。类似的案例已经发生，镇上小学的一位年轻教师，暑假时间与兄弟合作开了一家防腐涂料公司，悄悄运作了一年，生意很好，但被学校发现了。幸好，他认错态度好，最终保留了教职，但被调离到其他条件更为艰苦的山村学校去了。这是山区学校对知错犯错的教师的一种人性化警示，希望他迷途知返。我们曾经研究过这个案例——谁都无法保证自己的行为不影响正常的教学，我们又不愿冒险，用王卫的话说，不到万不得已，不做无谓的牺牲。

不久，校长越来越喜欢王卫和我，渐渐不喜欢钱小军，我和王卫都看出来了，而钱小军表现得十分坦然。他说出了自己的道理："这在兵法上是舍车保帅。我吸引校长的注意力，有利于你俩暗度陈仓去创业。"他很乐观。有一天早上学生做广播体操时，突然停电——山区电力不足，学校经常被无端拉闸，校长叫钱小军喊口令领操。那天，他感冒了，心情不好，双臂和腿不听使唤，嗓子又不舒服，就用哨子吹，但效果不好，校长很恼怒。另一件事是学校开秋季运动会前，钱小军建议设标枪与铁饼的比赛项目。校长不同意，这些危险项目，学校历届运动会都不设。但钱小军据理力争，说不设这些项目，不能算完整意义上的运动会，他甚至拒绝出任运动会总裁判长一职。最后，校长妥协了，书记做通了钱小军的思想工作，校运动会的原则是项目成熟一个，开展一个，先上铁饼比赛。钱小军的个性和脾气，让校长对他有些反感。

　　运动会结束后，学校放假三天。校长邀请王卫和我去他老家玩两天。校长出于怎样的考虑，我们不得而知。据说，校长此前也邀请过新来学校的年轻教师。在校长心里，他老家是值得刚来会稽山区的教师"到此一游"的地方。校长有言在先，说他的老家是会稽山的唐宋古村，风景美得能让天上的鸟不由自主放慢飞行速度。校长拍拍我俩的肩膀，相信我们进村后看到风景会停下脚步，"走得比村里的老牛还慢"，他喜欢预言。

　　我们乘坐下午的长途客车去校长家，因为运动会上午结束，下午开始放假。沿途是弯曲的盘山公路，地势险峻。车上乘客不多，大多是从镇上或城里赶集回来的山民。他们身边摆放的是鼓鼓的塑料袋，山里人俗称蛇皮袋。几个相互熟悉的山民脸凑在一起，在聊天，我们听不懂，他们有很重的口音。客车在一棵巨型古香樟树旁停下。校长在车上一招手，我们集体下车。

校长带我们走过一座狭长的廊桥，穿越一片松林，在两棵古枫树前停住了脚步。校长手指一点，颇为得意地说："到家了！"校长的老家叫丹岩村，我们在夕照中欣赏古村的景色。不用校长介绍，这是一个年代久远的山村。也不用校长提醒，人一进村口，自然放慢了脚步，驻足欣赏风景，自然不可与老牛比速度——那些在村外山坡上待了一天的牛羊急着回家，手执牧鞭的主人不是老人就是小孩。我们注意到村口两边散落着茂密的古树群，有年迈的古松和古枫树，有张开双臂的古樟树，环境十分幽静。一条斑驳光亮的石子路沿着弯曲的溪水，一直延伸到村后的大山峡谷。我感觉眼前这一切似曾相识，像在梦里见过。进村后看到的房屋都不高，大多是晚清、民国时期留下的建筑，白墙黑瓦，错落有致，整个村子十分整洁。校长见我们饶有兴趣地欣赏着古村的建筑，建议我们多看看，慢慢欣赏，不急。王卫打趣说："还不知道晚上我们住哪里。"校长听了开心地说："古人也考虑过这些问题。村里还有明清时期的'民宿'，供远道而来的外乡人借宿。"

"这里有民宿？"我惊讶地拉着校长的手问，"这民宿有多少年的历史了？"

"恐怕有千年的历史。"校长说，"这里的民宿与古村几乎同时存在，因为山里人好客，初建村子时，祖先们就想到了'有朋自远方来'的情况。"

我和王卫兴趣十足地要求校长带我们去看村里的"民宿"。校长却说:"晚上你们住我家,已经让我爱人安排了。"我们笑了。我和王卫心知肚明——当然不能告诉校长我们此时想看民宿的真实意图——我们说,想见识一下"千年民宿"的历史文物。想不到校长听了,一脸遗憾,说去年强台风来袭,民宿轰然倒塌,现在只留下一个遗址。校长说,住宿功能早已废弃,后来做了村里的仓库,不久又简单改造成村小学的临时教室,年久失修成了危房后,村里将大门一锁,无人问津了。晚饭后,我们去看了民宿的遗址。校长打着手电筒,微弱的光在他手里划出一个不大不小的光圈,我们看到的遗址确实是倒塌后的民宿废墟,地上断砖碎瓦一片狼藉。"这是明末清初的民宿。村里最早出现的民宿应该在唐朝后期。"校长踩着地上的瓦砾,把光引到远处无边的黑暗中,神色黯然地摇头说:"我估计村里一时没钱重建民宿。"

我们在废墟前探讨起民宿的结构和建筑特色。校长一开始就惊讶于我们对民宿的兴趣,但他永远不可能知道我们的真实想法。他把我们带到村口的路灯下,与我们继续进行一场别开生面的关于民宿的学术研讨会,基于我们是他邀请的客人。校长柔声细语地对我们说:"民宿就是山里的普通民房。在古代,其他地方叫'客栈''酒楼'，我们丹岩村人叫'民宿'，想让外乡来的客人到村里有一种宾至如归的感觉。这也说明我们山里人厚道，待人接物实在。"他的这番解释启发了我——会稽山的民宿至少有千年的历史，从一个侧面反映了古代山里人的生存文化。我的《会稽山居》一书的民宿篇，就起源于对丹岩村千年民宿的思考。

从民宿回来，校长先回家给我们安排晚上的住宿。这天晚上，我和王卫在村子外围继续散步。我们回忆起白天进山的路线，搞清楚了古村的地理坐标——在我们学校的西边，和学校相距约五十里。王卫说，空中的直线距离估计不会超过十五里。学校与丹岩村相隔了两座可以伸手触及星星和月亮的高山。

我们站在星空下欣赏古村的夜景。王卫喜欢在空中计算学校与丹岩村的距离，我忽然有了一种陌生的感觉，告诉王卫这里的白天和黑夜似乎比溪滩上幽深。王卫听了抿嘴笑，他在黑暗中预测，时空的密度也大，空气的新鲜程度应该是溪滩的三倍。我哈哈大笑，他的预测对我们未来将要实施的旅游项目意义深远。王卫说，项目可挖掘的潜力也很大，可以加上校长老家的千年民宿的文化影响。第二天上午，校长直接告诉我们一个不可预测的消息。昨晚与我们分开后，他不知从哪儿得到的确切消息，一大早给我们详细介绍古村时，显得忧心忡忡。他说，丹岩村自唐朝后期开始建村，至今已有一千一百多年的历史。现在，古村有可能整体搬迁，为此，村里人有抵触情绪。我们好奇地问，是不是这里发现了大型金矿？校长阴沉着脸说："听村里的人说，两年前就有人来村里进行地质勘查，一种传言是发现了这里有稀土矿，另一种传言是这里将建造大型水库。"我和王卫听了，交换一下眼色，有了另外的想法。我们想到了昨晚看到的民宿废墟。说心里话，对古村的将要消失和民宿已经成为废墟，我们的心情一样沉重。校长不知道我们在耳语什么，茫然地看看我又看看王卫，一定以为我俩对他家乡的风景产生了新的兴趣。

这时，从我们眼前走来两位年轻漂亮的女孩，她们手挽着竹篮，边走边笑嘻嘻地在说着什么。我天生对山里女孩有一种好感，由古诗赞美的"越女"想到"沉鱼落雁"的西施。我们在路边停住了脚步。女孩子身材高挑丰满，肤色清亮美丽。她们上身都穿着时尚的秋衣，一个女孩子下身穿着花格长裙，另一个穿紧身的石磨牛仔裤。我们友善的目光一直停留在她俩身上，我俩颇有自信，因为我们懂得欣赏美。但这两个女孩很快就从我们眼前走过去了，像轻盈的风，像飘拂的云，就是没有感觉到我俩的存在。我们感到有点儿尴尬。王卫移动了一下脚步，夸张地摆动了一下双臂。我懂他此时的心情，包括我自己的心情。但此时校长就在我们身边，在我们欣赏女孩时，他在欣赏我们。校长一定是看出了什么名堂，他重新站到我俩中间，双手拍拍我们的肩膀，脸上流露出轻松的神情。他说："丹岩村有三大姓，分别是陶家、王家和孙家，传说都是唐末和北宋时期，从北方迁到江南会稽山一带的名门望族。会稽山美女在历史上是出了名的。现在村里的这些年轻漂亮的女孩都想嫁到城里去。"校长望着那两个远去的女孩背影，皱起了眉头，叹了口气。我们听了一阵苦笑，沉默不语。校长说他的两个宝贝女儿去年都留在城里工作了。他和老伴想留一个女儿在身边，也难。我拉着王卫走在一起，与他继续耳语。我们心里有了加快落实民宿计划的紧迫感。留人须留心，我们虽然年轻，但恋爱的道理我们懂。校长说到动情处，还挺仗义，真心实意地问我们喜欢这些山里的女孩吗，"老夫乐意为你们做红娘。"他用探询的目光注视着我俩。我们听了很感动，但违心地告诉校长，我们要先事业，后恋爱，暂时还没考虑个人问题。校长带着茫然的笑，一声未吭。

这天下午，我们将要离开古村时，村里有几个人来找校长，他们在菜园的篱笆旁商量着什么。我和王卫去村口等长途客车，不时回头观察他们商量问题的气氛。不久，人群中传来高喊声，夹杂着粗鲁的骂人声。校长双手在空中挥舞，似乎在安抚他们，他在这些村民中俨然德高望重的族长。他双手使劲下压，这是我们在校园中经常看到的经典动作——校长解决问题时，常用手势而不喜欢用嘴，他的左手与右手交换着在空中用劲比画。我们远远望去，太熟悉校长这些习惯动作了。人群中的叫骂声似乎停了。又过了半支烟的工夫，校长提着黑包向村口跑来，人群像乌云一般散去。我们猜测古村面临着一场实实在在的生死劫难。在回学校的客车上，校长坐在我们后面，一言不发。看他心事重重，我们也情绪低落。

五

从校长老家回来的第三周，王卫选了一个日子，晚上独自来我的宿舍串门，他的脸上挂着神秘的微笑。他进来后随手关上门，低声告诉我，学校已经决定了，让他正式拜校长为师。这绝对是一个令人惊喜的好消息！我推开窗户，双手合成小喇叭，面对校园的夜空，想把好消息告诉大家。王卫赶紧拉我的衣角，让我坐下。然后，我俩哈哈大笑。彼此知道这是在做戏，开心的时候我们就这样玩。但静下心细细分析，还是有许多联想——这意味着王卫身份将变，身价随涨，他的个人前景一片大好。其实，校园里谁都知道这绝对是个好消息。王卫喝着茶，有选择性地透露与此相关的核心信息——这是县教育局开展的百家名师工程的有机组成部分。我能知道的是大家都已经知道的信息——校长去年入选教育名师后，急需培育教育新秀，即他的得意门生，也有人叫徒弟。我偷偷瞧了瞧王卫那得意的样子，在我宿舍这一切都是秘密。王卫是哼着小调离开我的宿舍的。他走后，我一个人坐在台灯下，难免胡思乱想了一通。估计校长在我和王卫之间选择了他，理由我不想在王卫面前分析，现在他走了，我又懒得分析。这天晚上，我躺在床上辗转反侧，脑海里反复浮现的是王卫的脸——他内心的喜悦显而易见，但他说心里有一份歉意。我说这是天意，他现在是校长的门生，传承若干年后顺理成章成为教育名师，这对学校、对他个人、对我们三人都是一件好事。他是校长喜欢的聪明人，能不理解拜师一事的意义和影响吗？我进一步说，他可以在造就名师的道路上，帮助我们，而且能充分利用学校和校长的资源。我承认，这是晚上我俩对话的核心、交流的高潮。后来，这一计果然奏效。不久，王卫拜师的新闻上了《越州晚报》和越州电视台，在整个会稽山区影响巨大。校长更是倾其全力对王卫精心呵护培养。上级教育主管部门也开足马力，责无旁贷地帮助联系国内名牌大学的专业师资力量。学校为培育新一代名师，不惜出巨资购买了一大批图书资料，其中有地域旅游与历史文化方面的杂志及古籍珍藏本，这些资料很方便我对民宿理念进行深入研究。王卫对民宿理论的思考越来越少，可以预测，他对会稽山的民宿旅游文化的研究将趋向于零。我说这没关系，还有我和钱小军。他担心影响我的民宿计划，我安慰他，真正影响民宿计划的是我本人。王卫真诚中颇有歉意："有你这句话，我一百个放心！"

六

不久，学校分配到了一个去城里参加教学理论培训的名额。这类教育局组织的学习进修，待遇很好，时间充裕，学习轻松，可以享受城里人的生活，时间是一个月。王卫在校长面前竭力推荐我，说明想去城里学习进修的人很多。他推荐的理由有许多，我记住了其中最重要的一条——政治课教学在未来的高考格局中地位特殊，政治课教学事关学校的未来和学生的健康成长。于是，校长放弃了数理化科目几位重量级教师人选。

这年12月初，我按照培训通知，来到城区的春兰宾馆报到。春兰宾馆的后面隔一条老街是市图书馆，前面隔一个狭长的公园是城东运河，河的对岸是我的母校越州师范学院。这一带的地理情况，我十分熟悉。在师院读书时，我们经常跑到春兰宾馆左侧的春兰电影院看周末的好莱坞专场。

教育局组织的这类培训，一般都是费用全免，培训结束后每人发一本诱人的烫金证书。培训期间，还可以名正言顺地在城里办一些私事，走亲访友，甚至恋爱都行。这大概是许多人想来培训的另一个原因，尤其对那些参加工作不久的年轻教师充满诱惑力。王卫私下说，这是千载难逢的好机会，我有充足时间去市图书馆查阅古今中外关于民宿的珍贵资料。他说到市图书馆时，我想到了母校的图书馆，这是全市两大顶尖图书馆，我锁定了目标。

培训的第一周，我一般上午认真听课，了解培训内容与要求，下午或晚上去母校的图书馆查阅资料。我和图书馆的老师们都很熟，通过关系借走了几本重量级杂志。这样，晚上我可以继续在宾馆阅读和摘抄一些重要资料。关于民宿方面的专著，母校的傅国全教授——我的大学老师，曾经给我们讲授选修课《旅游文化概论》——他在校园的梧桐树下建议我阅读英国罗格教授的《乡村民宿的未来》和美国林肯教授的《民宿地球村》。傅教授幽默地说，林肯教授不是美国总统，他原来在中国台湾，五年前去了美国。他是台湾民宿旅游的开拓者之一，也是世界民宿旅游经济的权威专家。傅教授说，师院目前没有他俩的专著，这些珍贵的图书资料，或许学校正在采购中。

线索有了，恰如学习有了方向，这些问题都不是问题，也难不倒我。我立马想到了市图书馆。在我的潜意识中，市图书馆是我备用的超大型资料库。之所以想到备用，除了考虑到它离我住的宾馆更近，另一原因是我对它感到陌生，从未去过。晚上一个人躺在宾馆舒适的席梦思大床上，豪情满怀地想到自己边参加培训，边抽时间去市图书馆，甚至去省里或大上海的图书馆查资料，心里又甜又美，充满期待。

我去市图书馆是在星期天下午。在图书馆二楼阅览室的书架前，我第一次见到后来成为我梦中恋人的陈丽。她的出现改变了我原来对会稽山民宿的许多思考。我在培训结束返回会稽山后才知道，这天她刚从日本考察回来，星期天来图书馆算是补班。就像小说中的故事一样，她突然出现在我的视线中，令我眼前一亮。她身材适中，轻盈苗条，面容俏丽，一头秀发披肩，我远远地闻到她身上有一股会稽山兰花的芳香。星期天来图书馆的人最多，除了学生和年轻工人，还有一些爱阅读的老年市民。陈丽在巡查图书馆的每一处场馆，她在不经意地回头时，发现我在人群中注视她。她不回避，转身很大方地回视我，并走近对我说："需要我为你提供帮助？"她的声音很轻，但每一个字听了都让人心里舒服。当她知道我要查阅民宿的相关资料时，她犹豫片刻，便和颜悦色地对我说："你跟我来吧。"

她把我带到了三楼东边一间挂着"闲人莫入"木牌的办公室，在办公室的台账上查阅了一番后，又带我到了对面贴有"藏室重地，闲人免进"标签的图书珍藏室。我一路跟随她，双手合十，为遇到了传说中的"贵人"而感恩。父母在我被分配到会稽山中学时，曾经为我祈祷，并告诫我一旦遇到贵人，要双手合十。陈丽注意到了我这细微的动作，抿嘴一笑。她在帮我找图书时，忍不住仰脸问我为什么对民宿感兴趣。我坦率地告诉她，想探索会稽山的民宿经济模式。我把计划中开民宿旅游公司的设想省略了，不是不自信，而是怕对她解释费劲。生活在城里的人不需要像我们这样去折腾，改变自己的命运。许多年后，我为自己的肤浅认识感到不安，想到自己就是井底之蛙。一年后，我知道了陈丽才是彻底改变自己命运的勇者——她去了美国，创造了自己的生活天地，而我依然在会稽山在自己的梦里创业。她当时听到"会稽山"时惊喜地转过脸来："那地方我很熟啊。"她的声音清脆得像树上喜鹊的叫声，眼里闪动着光，像是遇到了一个失散多年的好朋友，我们之间也因会稽山而缩短了距离。我一问，她果然是会稽山村一带的人，她的童年和少女时代都是在那里度过的。她十七岁读高中时，父母来城里工作，举家搬迁到了城里生活。在与她的近距离对话中，我发现她与我在校长老家见到的那些天生丽质的女孩一样，除了身材苗条，皮肤细腻光洁外，眼睛特别清澈明亮，有一丝不易被察觉的淡蓝的光，这是会稽山女孩特有的印记？

三天之后，我们成了无话不说的朋友，她帮我办理了馆外借阅杂志书籍的烦琐手续。我邀请她下班后去附近的茶室喝茶，她笑着同意了。我邀请她晚上去宾馆前面的城东运河边散步，她点头答应了。我邀请她周末晚上去看好莱坞电影，她漂亮的眼睛在回避，大概是有些犹豫。我说是好莱坞的经典电影《罗马假日》。她莞尔一笑，说挺喜欢这部电影，但晚上家里有事。我不便追问是什么事，只隐约感觉到电影院是迷宫，她怕迷失了自己？

元旦这天下起了雪，落在身上感觉不是很冷。她告诉我新年第一天要在图书馆值班，我不假思索地提出去图书馆查阅最后一批资料。这天去图书馆的人不多，我们在阅览室靠窗的位置上聊了很久。窗上经常有雪花来光顾，它们喜欢贴着笑脸，隔着玻璃看我们。看久了，陈丽会用热手捂住玻璃，一会儿，窗外的雪花融化了，化为雪水在玻璃上依依不舍地留下两道像眼泪一样的痕迹。然后，换一批新的雪花继续贴在玻璃上看我们。陈丽颇为感慨地说："窗外的世界也许很精彩，但又很无奈。小时候坐在教室里，隔窗玩过这游戏。"我说："我记得小时候玩雪人，堆成雪人时很开心，雪人在阳光下消融时很失落。"

她笑了，说一样的感受，都是生活教会了我们。说到生活，我谈了自己在越州师院求学时的苦中有乐，谈到我的理想生活与毕业分配到会稽山的现实冲突。她一笑了之，她最感兴趣的是我目前收集的资料与"会稽山居"的整体方案。

"你能给人一个惊喜，给会稽山一个惊叹？"她说得很直白，会稽山女孩说话都这样直率。我知道她在暗暗鼓励我，给我打气，我却回答得有点儿吞吞吐吐，显得自信不足。面对新鲜事物，我们往往缺少摸着石头过河的勇气。陈丽笑笑，说："人生是一道难解的选择题，对吧？"她说到自己的父亲，年过五十同样犹豫不决，在辞职与下海创业之间举棋不定。

窗外，贴着笑脸看我们的雪花越来越多，雪也越下越大。我们看窗外的世界已经模糊不清。

在市图书馆查阅资料的那些日子，我庆幸自己遇到了知己，一不小心掉入温柔的爱情梦想，一度感觉飘飘然。在与陈丽交谈时，我总是忍不住幻想自己在城里工作，这样可以经常来市图书馆借阅图书，并与她深入探讨民宿的前世今生，但现实中的我不得不在元旦后结束培训，重新回到会稽山的学校。这是我内心深处的无奈与不满。我忍不住流露出与窗外飘落的雪花一样伤感的情绪。陈丽始终保持着微笑，她越是这样，我越相信她一定读懂了我深藏的伤感。我最不擅长藏匿自己的情感，这方面王卫做得比我成功，他可以在自己的宿舍里委屈流泪，但在校长办公室微笑着接受任务。校长喜欢他，这是一个重要原因。

我邀请陈丽方便时来会稽山考察。她冲我笑笑，说她一直想回会稽山走走看看，好多年没有回老家了。她有个比她漂亮的表妹——她在逗我开心——在会稽山小镇上开饭店，离我们学校很近。

陈丽临时有一个重要会议，本来她已答应送我去长途客车站。她说每次送别都是人生中一次美好的记忆。她还意味深长说："记得那天的雪花吗，虽然融化在玻璃上，但最终留在了人的记忆里。"人生的告别也是如此。我回会稽山后，与她保持通信联系。她让我把信直接寄到图书馆的办公室。在信中，她询问我民宿计划的进程，推荐我阅读日本的加藤教授和中国台湾的张亚教授的新著。有一天，她给我邮了一大摞民宿方面的图书。"多少次想来会稽山的溪滩看你梦中的民宿，但至今仍在空中的云里。有一次，已经买好了去会稽山的车票，却因工作上的要事而不能成行……"她希望这些资料能对我有所帮助，祝我尽早完成《会稽山居》的全部文稿。我把这些宝贝资料整理后，放在书架上最醒目的位置，我理解她的一片真情在信中。

我后来得知，她为了帮我收集资料，推迟了去美国的时间。

书的初稿基本完成后，我想绘制一幅会稽山居全景图，背景是会稽远山与开阔的溪滩。我想到了黄公望的《富春山居图》。

至今，我仍保存着数十张当年在溪滩上的写生作品。我从不同角度审视溪滩，今天看了依然心潮澎湃，仿佛回到了那青春飞扬的时光。这些图我曾经想捐赠给镇文化馆或私人博物馆，甚至想过寄给远在美国的陈丽，但我找不到一个让我感觉舒坦的理由。寄给万里之外的陈丽，我担心这些图到了那边水土不服，或被那里的老鼠当零食啃咬。现在，这些图就像到了退休年龄一样，待在我给它们安排的木箱里，帮我回忆一些往事，化为发表在晚报上的故事。

我在这些草图的基础上，最终合成一幅《会稽山居图》，直接套用了黄公望的《富春山居图》。整个画面追求山溪一色的含蓄美，又要体现宜居。我在陈丽的帮助下完成了初稿。不错，在她去美国前夕，她破例打开了市图书馆的宝藏，让我近距离欣赏这幅名画的神韵。我没来得及问这名画的来历，至今仍怀疑当初欣赏的这幅名画是否为真迹，还是后世哪个名家的临摹。但是，就像我们今天看到的《兰亭序》，有几个名家的摹本，它们同样珍贵。创作的灵感在那一瞬间降临是真的，而且我一点儿都不觉得奇怪。《会稽山居图》的终稿，将成为我即将完成的书稿的灵魂和核心。黄公望画中的山色江景与会稽山的远山、溪滩的风光有许多神似之处。我猜测画家当年或许曾取道浙东，在会稽山水间游玩过。陈丽说，此事值得探究，而且意义深远。我回到学校后，在自己的图中设计了溪滩两岸的未来图景，长虹一样的堤坝，蓝宝石一般的湖泊，还有休闲帆船……溪滩上芳草鲜花伴着一排排漂亮的现代旅游民宿。我把会稽山小镇设计成未来的休闲旅游文化名镇。白天没有课时，我集中精力修改图纸，晚上在台灯下面对着图纸冥思苦想。虽然那些日子又苦又累，但我心情舒畅。王卫忙他的学校教学，他成了校长的门生，实际上是校长的助手，我能理解。钱小军有时间就来我的宿舍坐坐，我们闲聊一会儿后，他闷闷地吸烟，因为画画的事他帮不上忙。我有时从那缭绕的烟雾中寻找灵感。

七

这一年春天，在我对书稿做最后修改时，陈丽去了美国。她高中时的男同学在美国博士毕业后留在波特兰的国家重点实验室。后来，她糊里糊涂地成了一个黄皮肤的"美国人"，这是她在给我的信中的自我调侃。她去美国那天，我没有勇气赶到城里去送她。我平时积蓄的勇气，那天像自行车胎一样泄了气，而且查不到泄气在哪个地方。我有一个不成熟的想法——在心里完整地保留她在越州给我留下的美好印象——人就是这样，总是为自己寻找理由，为了生活下去。她在出国前寄给我的一封信，她到美国后第五天才到了我的办公室。这封迟到的信安安静静躺在我的办公桌上——门卫老师喜欢把书信按统一的规格放在老师们各自的办公桌上，与学生的作业本在一起。陈丽在国内写给我的最后一封信是什么内容？这最后的信该有不一样的信息吧？我忐忑不安，从抽屉拿出剪刀，选择用剪刀直线剪开信封口，让信笺从空中像雪花一样飘下，然后一只巨手在空中平稳地夹住了信——那只巨手同样可以扼住命运的咽喉。我不由自主地苦笑，喝了一杯水。心情平静下来后，陈丽在信中平静地告诉我，去美国是她在见到我之前对她的同学的承诺，现在她虽然离开了越州，但留下了对我的期待——希望我的书稿早日完成并能顺利出版，并建议我将书稿正式定名为《会稽山居》。为什么？她直言，她热爱祖国，喜欢家乡会稽山，喜欢黄公望的《富春山居图》。

后来，我们没有再见面。她乘坐的飞机飞越会稽山上空时，是星期六下午。我带上民宿设计方面的书和《会稽山居图》的许多草稿，独自去了溪滩。这一次，我没有告诉王卫和钱小军，他俩都在忙自己的事。我穿一件淡黄色风衣，口袋里藏着一盒火柴。我想在空旷无人的溪滩上烧掉这些给我带来烦恼和痛苦的记忆。我蹲在草地，划着了火柴，就在这时，我身后随风传来一个声音："溪滩上风很大，别浪费了时间，有空儿去钓鱼吧，这溪里鱼的味道绝对比城里的好！"我愣住了，转身看看四周，空无一人……一会儿，我听到了高空中传来飞机的引擎声。这不是梦，飞机在穿越山峰，飞往大海。空中传来的声音由远及近，又由近及远，像一道并不复杂的人生哲学题。等一切回归平静，溪滩上恢复了我最初看到的风景，风景中有我最初狂热设想的"会稽山居"，包括民宿在内的雏形。

回到学校后，我理解了陈丽的所有想法。凡是存在都是合理的，我在会稽山也是合理的。一个月后，陈丽从美国来信了！除了关心我的《会稽山居》的写作，以及民宿的研究情况，她还从大洋彼岸寄来了许多国家和地区的民宿的精美图片。她在信上建议，会稽山民宿可以借鉴台湾的海滨民宿的建筑风格。她特别提醒我，别忘了会稽山的"千年民宿"——她的记忆力真好，我对她讲过校长老家丹岩村的唐代民宿，她竟然还清晰地记着。她还提醒我，会稽山居可以做文化旅游传承与发展的好文章。我觉得她的意见很有价值。后来，在书稿的第三章和第四章中，我增加了会稽山区旅游经济发展模式与山民文化生活的内容，千年民宿文化是我的《会稽山居》中的亮点和重点。

后来，我们没有再频繁地通信。在感情挫折面前，我是一个十足的懦夫。为了避免常在梦里与她痛苦相见，我听从了王卫和钱小军的话，不再给远在大洋彼岸的"美国女人"回信。

<h2 style="text-align:center">八</h2>

陈丽去美国的第二年冬天，我独自完成了书稿《会稽山居》，二十万字。我就书稿征求王卫和钱小军的意见，他俩不约而同地双手竖起大拇指。一个说此书开创了会稽山民宿旅游经济，另一人说我填补了会稽山民宿历史文化的空白。但他俩都反对我改书名，我耐心地做了说明，他们都强烈反对。"为什么要听那个'美国女人'的？"钱小军没好气儿。王卫也说："走自己的路，别理睬她！"我听了自信地点点头，然后异常平静地告诉他们，改书名的事我思考了三个月，不是一时心血来潮。退一步说，美国人如果热爱中国文化，又有何不好？如果她在美国传播中国文化则更好！何况她本来就是中国人，更像一位文化使者，从中国走向美国。我如此一说，他俩尴尬地冲我笑笑。他们提不出其他修改意见，表示尊重我的观点。他们知道我这段时间除了上课就是闭门潜心写作，对这本书倾注了很多感情和心血。思考了三个月的书名，自然很成熟。我心里也清

楚，他俩这段时间心思不在民宿上。前段时间，王卫刚被提拔，目前是整个会稽山区最年轻的中学副校长。他会更忙，但前途宽广。钱小军在王卫提拔前后，多次回母校越州师院，他女朋友是师院体育系的大四学生。人长得苗条秀气，肌肉扎实，身高与他很般配。他把自己待在会稽山的时间都用来焦急地等待女方毕业分配。一年后，他和她如愿领取了结婚证。婚后，他再接再厉，一鼓作气，在女方家长的要求与帮助下，从会稽山中学顺利调到了城里的一所中学。许多年后，我总结自己在会稽山工作的得失时，也简要分析过钱小军那些年一路攻关进城的成功经验，他那坚忍不拔、执着进取、无所畏惧的精神是十分令人敬佩的。其内在动力来自爱情，外在动力主要是爱情之外的家庭压力——他进城后继续努力，两年后顺利调到会稽区群众艺术馆体育处工作。后来，我们由同事成了两条线上的人，很少有机会联系。

书稿完成后，我一直想表达对校长老家丹岩村的感谢，其"千年民宿"的理念让我受益匪浅。周末我单独请校长去了陈丽的表妹开的"枫叶酒店"。王卫作为新上任的校级领导，有一段时间在党校参加学习。而钱小军每周末都提前悄悄回城，他需要在母校越州师院继续寻找爱的感觉。"这酒店，您应该很熟吧？"我对校长说，"这里的烤山羊肉味道最好。"我知道校长最爱吃山羊肉。我们在酒店靠窗的雅座坐下，校长环顾四周，感慨道："酒店的环境不错，我知道这里的美女老板是从我们学校毕业的学生。"

"是的。"我告诉校长，老板毕业的那一年，我刚来学校工作，她表姐曾经是我的城里朋友。

"哦，"校长眼睛一亮，冲我微微一笑，"什么时候邀请她来学校走走？顺便看看她表妹。"校长的理由是会稽山好山好水好风光，很适合城里人周末到此一游。

我笑笑，知道校长的好意。"但她去了美国。"我平静地告诉校长。

校长听了一声长叹。突然，他有了其他的想法："你也会去美国吗？"

我正在点菜，回头应了他一句："不可能的事。"

"怎么不可能？万事皆有可能！"校长说。

"但唯有我不可能，因为我的事业在中国，在会稽山。"我像开玩笑一样跟校长发誓，但我不会告诉他其他信息，包括刚写完的那本书稿，以及书稿背后我们三个人当初的"秘密"。

校长沉默不语，看着我点菜。

我点完菜，和校长一起喝茶，校长捋了捋头上的白发，说他再过五六年就要退休了。校长的言外之意，我隐约感觉得到，岁月不饶人，但又事在人为。我让服务员先上冷菜，并仔细瞧了瞧校长的头发。他头上的白发似乎来得早了点儿，与他的年龄、精力不相配。校长却笑道："凡事顺其自然，头上有白发不是坏事。"我开着酒瓶点头赞同。三杯黄酒下肚后，校长彻底打开了话匣子："人各有志，但条条大路通罗马。凭才学，你不输学校的任何人，包括大家都说的我最赏识的王卫。"我听了脸颊发烫，是酒精开始起作用了？是校长暖心的话让我感动？我站起来向他敬酒，他却摆摆手示意我坐下，说周末了，更要学会放松和随意。席间聊到他老家的"千年民宿"一事，他呵呵一笑，嘴里喷出一股浓浓的酒味："都是过去的事了，早已灰飞烟灭。"原来他们古村一年前整体搬迁，那里现在变成了一个大型水库。丹岩村像一位老人，沉睡在泱泱水底。校长说，上个月他陪老母亲去老家走走看看，到了水库边竟然找不到路。校长给母亲解释，路就在水库底下，人站的位置就是当年云雾出没的山岗。母亲面对茫茫水库，除了惊讶，就是沉默不语。让母亲在水库底下寻找一生的记忆，这需要时间。所以，他不想聊村里这些烦心伤感的事。三十多年前他从师范学校毕业，户口就从村里迁出了，他说从那时起，他就像天上飘的云，云起云落都是这一代人的命。他喜欢聊王卫，感觉王卫是他的"作品"。

校长很有风度地举起酒杯，我们轻碰一下，酒杯发出清脆的声音。校长说起王卫今年冬天跟随镇政府的人去了台湾。这件事我知道，那是一个很诱人的乡村文化旅游项目。校长说，他们一群人考察了台湾阿里山和垦丁的民宿情况。前几天，王卫汇报工作后曾跟他闲聊，说会稽山镇的旅游经济可以加快发展，但民宿文化的发展需要时间。

"民宿文化？"我怯生生地问校长。

"是的，你有兴趣可以问问王卫。"校长认为这是一个新名字或新概念。

"需要时间？"我喝着酒，迟疑了一下，"我对民宿文化不感兴趣，对他的'需要时间'有兴趣。"

校长端起酒杯，诡秘一笑，欲说还休。

九

书稿修改后定稿，我找到了在越州出版社工作的师院女同学。毕业这些年，女同学的苹果脸没变，戴一副粉红色的圆圆眼镜也没变，脸上的笑意更加甜了。见面后我一问，她果然是新婚不久，事业和爱情都圆满。女同学对我赶远路进城看望她，颇感意外。我给她带去了笋干、霉干菜和茶叶，这些会稽山土特产城里人喜欢。除了感动，她对我这些年在会稽山孤灯熬夜写作很敬佩。她带我去见了编辑部副主任，一位上了年纪、很清瘦的资深编辑。我们在他的办公室简单聊了一会，他问了我一些情况。剩下的时间，她在自己的办公室单独与我长聊。

都说书是作者生命的延续。所以从某种意义上说，书稿与人一样，有生不逢时或恰逢其时的命运。女同学从我的介绍中估计了这部书稿的历史和现实价值，但她实话实说，现在图书市场整体疲软，尤其是这类文化图书，几乎没有市场，除非自费出版。她认为我没找准图书市场的热点和卖点，她也不了解我写作此书稿的起因、我们曾经的梦和我留在越州城里的爱。是的，一些书稿外的东西，我无法说清，即使面对自己也无法说清。我寻思，自费出版不是同样没有市场吗？我心一横，还不如收藏自己的手稿。从她的办公室出来，我站在出版社的院子里仰望天空，说心里话，有一点儿沮丧，对城市抱有期待和梦想的我，那天却有了从未有过的失落。穿过小街，坐上三路公交车，感觉车里的空气，或者说城里的空气远不及会稽山的空气清新。那天，我从城里回会稽山，一上长途客车，双眼一闭就想睡觉。一路上，我没有了幻想，心里只有会稽山的学生和书稿里的设想。两年后，想不到这位女同学打来电话。那天学校在开秋季运动会，我在做跳高比赛的裁判。办公室的值班老师征求了运动会总裁判长的意见，下午的跳高比赛暂停了十分钟。女同学在电话里着急地问我，书稿还在吗？她的一位从市文化馆退休的朋友，对我的书稿很感兴趣。她在电话里语速很快，我听着像在锅里热炒罗汉豆的噪音。一定是今天打通这个电话不容易，但学校里只有这个办公室的电话保持对外联系。我还是耐心、费力地听清楚了大概意思：她的朋友与一位香港商人一起开了一家文物珍藏馆，收藏一些文化名人的手稿。她的朋友对我未出版的书稿感兴趣，愿意出资收藏。这理应是一件好事，她和她的朋友都认可我的书稿，但我笑着在电话里婉言谢绝。

十

书稿完成后的第三年初夏，一位成功的商人，开着一辆崭新的蓝色轿车来学校找校长。他是校长的朋友，穿一身笔挺的黑色西装，戴一副墨镜，右手提着"大哥大"，左手捏着精致的真皮小包，站在水泥篮球场上，气宇轩昂，一表人才。他与校长见面握手，派头十足，很有影视片里港台明星的风范。正好是下课时间，我们在教学楼走廊上都看到了。钱小军正在办理调离手续，看到这一幕，他挺羡慕地对我们说，那老板手上提着的"大哥大",用普通教师十年的工资才能买来。王卫调侃道:"这玩意送给谁,估计谁都不要。"

中饭后,想不到王卫陪着老板来到了我的宿舍。中午他们喝了酒,两个人红光满面,酒气冲天。老板一进门便自我介绍,他姓郑,名和,是学校原来的民办老师,七年前辞职下海,在城里办起了防腐工程公司。郑老板给人的第一印象是精明强干、谈吐不俗。"校外的世界很大,现在遍地是黄金,就看你的造化和运气。"他抽着中华烟,随便在宿舍里找一把椅子坐下。他也不嫌陌生,与我仿佛一见如故,用他的话说,"说的都是心里话"。说到人的运气,郑老板话题一转:"其实,一个人的诚实本分最重要,本事是另一码事。"谈起生意上的事,他特别兴奋,我听得出这里面的商机远比会稽山的溪潭深。王卫喝着茶陪着我们,云里雾里听了一会儿便去开会了,郑老板趁机将话题自然转到了他这次回乡。他想借这次回乡寻找商机,为家乡做点儿事,他想到了会稽山的旅游资源。

"让城里人,尤其是周边大城市的人,都来会稽山玩玩。城里人特别喜欢爬山、走古道、亲近自然,让他们开开心心在山里住上几天,是一件双赢的大好事。"郑老板开心地笑道。我感觉遇到了难逢的知己,他的许多想法与我不谋而合,这些道理早存在,而循声而来的两个灵魂终于在校园里碰到了。

　　我是性情中人，拉上郑老板的手，走出宿舍，来到走廊，眺望学校对面那片开阔的大溪滩——真是英雄所见略同，郑老板仿佛知道我想说什么——他抢先一步说："那地方是真正的风水宝地，是会稽山神的恩赐！"他用探询的目光注视着我，"是不是很适合建造会稽山旅游文化中心或基地？"我不得不对他竖起了大拇指。他从商人的角度，我从文化旅游的角度，我们殊途同归——想到了大溪滩历史与现实的价值体现。接着，我们重新回到宿舍坐下，继续探讨大溪滩的所有权归属，这是一个核心问题。郑老板掐灭烟蒂，在我的宿舍里转圈。他突然说："这应该没有问题。"我谨慎地摇摇头，我在《会稽山居》书稿中回避了溪滩所有权的问题，因为我一直在思考这个问题。

　　他看我一脸疑惑，没有把话讲下去，重新点燃一支烟，把话题打住了。在淡蓝的烟雾中，郑老板讲了他这次借清明回会稽山的目的——除了祭祖，顺便访友。他从王副校长那里了解了我对民宿多年的研究。他双手合十，虔诚地提出想借我的书稿一阅，说这些天想在老家陪老母亲多待几天，刚好抽时间认真拜读并求教。

　　我沉默片刻，书稿虽没有正式出版，但有人上门求"拜读"，这是对作者最好的安慰。我用学校发的牛皮纸文件袋装好书稿，叮嘱郑老板阅后务必多指教。我一脸的诚心诚意，相信以他的阅历加智慧，定能发现书稿中存在的不足。第二天一早，我刚起床洗漱，郑老板便匆匆忙忙地敲开了我的宿舍门。门外雾很浓，加之他戴了墨镜，我看不清他的眼睛，但能感受到他对我的歉意。他说昨天深夜接到公司总部的电话，今天一大早就要赶回上海处理紧急事务。他把书稿原封不动地交还给我时，他的手明显不由自主地哆嗦了一下。我看他面色苍白，似乎一夜未睡。他颇为动情地对我说，没时间认真拜读书稿是他这次回乡的最大遗憾。他想把书稿借走，但又怕因事务繁忙而把书稿弄丢……望着他匆匆离去的背影，我感叹谋生的艰难，感慨世事难料，而知音难觅。

<h2 style="text-align:center">十一</h2>

这一年冬天，溪滩上出现了两台建筑打桩机，顶上插着迎风招展的几面小红旗。有人在那里大兴土木，传来的消息令人咋舌——说是兴建民宿。我路过溪滩时听人说，将来溪滩上出现的是大型圆形建筑，就像外星人的巨型飞碟。校园里的人，主要是一些下课的学生，聚集在操场上看远处溪滩上的热闹，隆隆的机器声顺着东北风传来。大家对这类事感到好奇又陌生，在感情上有些不能接受，毕竟溪滩也是学生的乐园，放学后或

寒暑假期间，学生们都喜欢去溪滩上捕鱼、捕鸟、捉迷藏……

到了第二年秋天，听说溪滩上的民宿建筑进入了内部装修阶段。在一个秋高气爽的午后，我独自去看了溪滩。我没有去打扰王卫，已经很久没有去过他的办公室了。他忙的时候一人分身为三人，用他的话说，有时梦里都在开会。钱小军已经完成调动，去城里上班了。我一个人去溪滩，感觉很方便，只是越来越懒，目力所及就不想麻烦双脚。那天，我从在建的拱形大门进去，这条弯曲的小路改变了原貌，与我记忆中的溪滩小径大相径庭——缺了原生态的诗意元素。进入民宿工地，我发现整个建筑的设计理念与我在书稿中所描述的有许多惊人的相似之处。比如，我在书稿中提到民宿的民族化，设计"大唐模式"与"江南宋韵"，从庭院布局到内置的家具，都具有会稽山区的江南民间特色。只有这样，民宿才是会稽山的，才能真正实现我书中所说的理念。我在民宿庭院的草地上，看到了墙的简朴而不简单的"外表"——"瓦爿墙"——建筑材料由青砖、龙骨砖、碎瓦等组成，其中青砖居多，年代从明清至民国时期，有部分是宋代的古砖，估计是山民房屋改造时留下的废旧建筑材料。抬头看屋顶，用的是复古的"宋瓦"。整个民宿呈现出一片青灰色，青色墙面，宛如唐宋时期的江南庭院。这是我在借鉴校长老家"千年民宿"的理念后，提出的整体设计构想，也参考了陈丽从美国给我寄来的图片资料——我们有许多珍贵的古书流落至英美的大学图书馆——想不到在这里被人很好地实践应用。最显眼的是民宿的入口通道，从里面向外看，被设计成溪水东流入海的山水相依相恋状。这是我在《会稽山居》一书中最得意的设计理念，是会稽山民宿的核心标签，是人与自然的天然和谐。我问了一位工程师模样的年轻人，他戴着蓝色工程帽，长着络腮胡子，边抽着烟，边卷着施工图纸，说这里的民宿全是郑老板出资建造的，郑老板请来加拿大多伦多大学的约翰教授亲自担任首席规划设计师。

我想找郑老板聊聊，因为我们好久不见，我还是很想与他聊聊会稽山的民宿，包括我心中"会稽山居"的整体理念。郑老板就在现场，戴着一副我熟悉的墨镜，我已经看到了。他在埋头看图纸，穿一身厚实的工作服。他瞥一眼也能看到我，但他或许没有认出来。我忽然想到他来我寝室还书稿的那个早晨——校园里雾很浓，他喜欢戴一副意大利墨镜，给人神秘莫测的印象。不过这一天，他在工地很忙，他的影子比他本人还忙。阳光下，他的影子在我眼前一闪一闪地跳跃，一会儿就消失了。我急忙问了在打墙板的一位年纪稍大的工程师。工程师摘下头盔四处张望了一会儿，说那人不是你要找的郑老板，郑老板一直在上海总部。

"不是郑老板？那是谁？"我蹙起眉头问。

工程师说："是老板的儿子，但不姓郑。"他见我满脸惊讶，补充道，"他也是这里的老板。"

老板的儿子也是老板，而且长得很像老板，姓不姓郑并不重要，但那天他确实是工地上最忙的人。王卫后来知道我独自去了溪滩，哑着嗓子问我找老板的儿子干吗。

我一脸困惑地笑笑，解释不清这件事，王卫瓮声瓮气地安慰我，说老板的儿子真的很忙，听说镇政府的人找他，都需要预约。

一年后的春天，王卫带我去了郑老板的民宿。王卫说，郑老板的民宿建在溪滩上，风景好，风水好，生意空前好。每天有上海、杭州和越州城里的不少客人来会稽山玩，许多都是郑老板的客户，据说还有很多外国客人。走在溪滩的旅游栈道上，王卫想到了钱小军，认为他在城里再忙也该抽时间来这里转转。"现在的感受肯定与以往大不一样！"王卫用期待的目光看着我，我同样报以期待的目光回应他，因为我也常常想到钱小军。他在溪滩上的身影还深深烙印在我的书稿里。我们来到民宿的拱形大门下，王卫停住脚步，说："这大门建得气派，挺有欧美风情。"我告诉他，在会稽山溪滩上，最协调的风景还是有民族特色的建筑。我在《会稽山居》中有一章专门谈民宿的地域性、历史性和民族性。王卫说对这章有印象，民族的才是世界的，但郑老板做到与时俱进也是对的。王卫欣赏郑老板的人格魅力，而且不是一般的欣赏，在多个场合说他在不遗余力地推介会稽山的文化。"旅游的背后就是文化。"他见我不感兴趣，开导我，"见了郑老板，你俩可以好好交流。我在台湾垦丁考察时，就想到你书中描述的会稽山居和会稽山民宿的现状与未来，这是乡村文化的大文章，足够我们做一个世纪。"

其实，何止一个世纪，这民宿旅游自古就有，千百年来我们孜孜不倦地探索和创新，可以世世代代做下去，创造无愧于伟大时代的"会稽山居"。

回到学校后，我不想回忆这次在酒店与郑老板的见面。他城府很深，像初次见到我一样热情，但丝毫不提他曾经来我宿舍借书的事。他不提，我也装聋作哑，但愿他是真忘了，这是最好的结局。其实，会面的主角是王卫副校长和郑和董事长。他俩喝着会稽山龙井，一直围绕一个话题深入交换意见。我后来借着上厕所的机会去附近转了转。在如同外星人的巨型飞碟一样的建筑群里，人犹如走在博尔赫斯的时间迷宫中，我差点儿因迷失方向而找不到他俩的确切位置。

不过，我在那天的日记上承认——民宿建筑的"时间迷宫"

是郑老板的精心设计，与我的书稿中会稽山居的理念相悖。我曾在书稿中破解过古人关于时间与圆形建筑的历史之谜，或许正因如此，我才最终成功走出了他在溪滩民宿中设置的迷宫。

许多年过去了，在我退休的前两年，郑老板在会稽山溪滩上建造的最后一幢民宿完工。他前后花了二十多年时间，建造了十二幢各具风格的民宿。我敬佩他对事业的执着和对会稽山溪滩的一往情深。《越州商报》的记者采访他时问道，为什么是十二幢，还会再建造其他的民宿吗？郑老板在民宿竣工的剪彩现场，手持剪刀，笑容可掬地对记者说，这是一个商业秘密。神秘的灵感和启示都来自一本古代关于会稽山民宿的书。记者饶有兴趣，连忙追问这是一本怎样的书。郑老板眺望远方，说是南宋初年会稽人赵文博写的，但此书在晚清时期流落到了国外，现收藏在大英博物馆。当《越州商报》的记者来学校寻找老师采访时，我回忆起在校长老家看到的"民宿"废墟。我可以肯定地告诉记者，地图上消失的古丹岩村，曾经是会稽山"千年民宿"的遗址。或许，那里的村民的祖辈收藏过民宿方面的古书。

在《会稽山居》的第八章，我阐释了在溪滩上依山傍水建造民宿的理念，从仿古建筑到现代时尚，从会稽山唐宋民居到明清建筑，再融入现代欧美的民宿风格。我参阅了台湾垦丁的民宿、日本京都的庭院仙境民宿、英法的农庄民宿和美国的青年旅舍的资料，想起在市图书馆查阅资料的快乐时光，想到了远在美国的陈丽……我忘了当初为何在书中设计十二幢民宿分布在溪滩？直到完稿，我都没意识到自己在勾画十二幢民宿，或许潜意识中想到了古人的"十二星座"或"十二生肖"，感觉那是记忆中神秘灵感的显现。

有一天，我在城里参加教学会议，顺便去钱小军的公司拜访。正是天遂人愿，那天钱小军刚退了机票回公司，他临时取消了去新疆喀什的计划，但不是因为我的突然造访。我们已经好多年不见了，他建议我开完会留下来，陪他好好玩几天。他天性喜欢玩。"要不，回会稽山约上王卫一道去看溪滩！"我告诉他溪滩这些年的开发情况，往日的溪滩已经有了多幢民宿建筑，统一的欧美风情的拱形大门，清一色的"瓦爿墙"，还有民宿深处的溪水东流。钱小军研读过我的书稿的每一章节，他听了气得脸色发紫，猛拍桌子，建议我到法院状告郑老板侵权，理由是我对溪滩的民宿设计拥有最初的知识产权——以《会稽山居》书稿为证。他松开脖子上的红色领带，吸着古巴雪茄，给我分析："你那天不该借书稿给那个姓郑的商人，商人都不择手段，包括我自己。"钱小军说着掐灭了手中的烟，"商场如战场，一个晚上就可以改变游戏的结局。"

"商贸经济的侵权行为容易发生，因为有利益存在。但我们有人证、物证，不怕他什么。"钱小军理直气壮地说。我一笑了之："我都是快退休的人了，权当有人帮我努力实现了我年轻时的梦想。"我告诉他，现在我每天坐在宿舍的床上，开门就可以看到溪滩上错落有致地排列的十二幢民宿，与我在《会稽山居》中设想的民宿一样，我想得最多的是"梦想成真"。

十二

现在，溪滩上常常出现形单影只的我。退休后，我仍住在学校教工的单人宿舍，每天早晨醒来，坐在床上就可以看到校外的溪滩、远山和溪滩上的众多民宿。我一生喜欢孤独，喜欢幻想，或许是因为追求完美，或许是因为信奉顺其自然，至今孤身一人，没有结婚。晚饭后，我照例去溪边散步，在溪滩上采撷野花，天气晴好时去溪潭钓鱼，晚上一个人在宿舍享受孤独。许多人都说难拒孤独，我这年龄不想再拒绝孤独，也不想逃避孤独。孤独是人生最忠实的朋友，一直默默陪伴我，从不背叛。我现在喜欢在孤独中长时间伏在窗口眺望溪滩，幻想有外星人（应该是宇宙中最孤独的人）神秘出现在溪滩上。我想与宇宙中最孤独的人探讨《会稽山居》。二十多年前有人开始在溪滩上建造民宿，如今溪滩上的民宿星罗棋布，造型各具风格。当第一家民宿在溪滩上横空出世时，学校里的许多老师在欣赏中热议，我一直沉默不语。我的沉默是内心的秘密，也是我年轻时的梦。现在，我在发表于《越州晚报》的回忆文章中公开表达了对他俩的怀念，那是我们的青春岁月，曾经的同呼吸共命运——立志打造溪滩民宿辉煌的旅游文化。青春总是人生中最美好的时期，过程就很美好了，不必在乎事业成功与否。今天，如果成功了又怎样？我现在独自在溪滩上，与成功的感觉一样，人生最终除了怀念可以带走，其他什么也带不走。真正有意义的是我眼前的风景，是神秘的溪滩，是我存在的世界，是我生命中遇见的王卫、钱小军、陈丽、校长，还有千年民宿和古丹岩村……

我后来再没有见到过他们中的任何一个人。校长退休后不久，他老家的古村按计划搬迁到了平原水乡，我们之间的距离越来越远。陈丽在美国，从波特兰去了波士顿。听她表妹说，她在美国经历了离婚又结婚。她回国时到过会稽山，但我不知道这消息。从时间上计算，她来会稽山时，正是学校工会组织我们去海南旅游休养期间。因为台风，我们又在海南滞留了三天。钱小军在区群众艺术馆停薪留职后，成立了一家外贸公司。

还在义乌建立了办事处，常与南美洲人、非洲人做生意。一年前，他和朋友自驶去西藏旅游，因车祸不幸身残，失去了记忆。

与王卫告别，也有好多年了，据说他现在定居于深圳。他做副校长后，我们很少聊会稽山民宿的事，因为他每天有忙不完的工作。直到有一天，他要去会稽山外的一所县城中学当校长，来我的宿舍话别。我拥抱了他，这是我一生中唯一一次拥抱，为的是不让他看到我因惜别而难受。最后，我还是谢绝了他的好意，我说自己哪儿也不想去，习惯了在会稽山教书，习惯了这里的溪滩，还有梦中的民宿。那天，我边说边翻阅着《会稽山居》的旧稿。

红杉林

　　这次，他们不知不觉走远了。在小镇西北角的溪滩上，有一片望不到边的红杉林。他们驻足在那儿，瞭望红杉林，马培秋在树旁做了一个热情拥抱的姿势，然后夸张地闭上眼，做了一个深呼吸，说："如果有人说这片红杉林里藏着不为人知的爱情迷宫，你会相信吗？"

　　"不相信。"同事杨山正点燃一支烟，注视着一棵弯腰亲近水面的杉树。这是 1990 年 12 月的一个星期天的上午，两个好朋友耐不住寂寞，走出校园，沿溪边一路欣赏着会稽山的冬日风景。他们都是学校里的未婚青年。马培秋家在越州城，来会稽山中学工作五年了。他喜欢户外运动，喜欢在溪滩与远山间摄影。他的摄影作品《会稽山溪流》，曾获市青年教师摄影作品一等奖。杨山是地地道道的会稽山本地的南岭村人，大学毕业刚分配到学校。他爱好文学，曾是越州师院学生诗社的副秘书长。这些天，他在溪边完成了组诗《远方的溪滩》，其中包括《荒滩》《梦中的芦苇》等诗。诗中的溪滩就在学校周边，他考虑写一首《红杉林》放在组诗中，但感觉红杉林这个意象迷离而神秘。

"五年前的冬天，"马培秋从地上捡起一根树枝，在空中画着圆圈，"会稽山发生过一场影响深远的爱情。这场爱情的发生地不在校园，不在镇上的茶馆，就在前面的红杉林。那时，我还没有来学校。这些年，我也从未到过这里。"

"为什么？"杨山吸着烟问。

"因为这场爱情对许多人来说是一个谜。"马培秋说，"红杉林是一代人的爱情迷宫。"

"呵呵，夸张了吧？感觉这是文字游戏，而不是现实版的会稽山爱情。"杨山听了不以为然。

"这是爱情的当事人之一陈副校长的原话。"马培秋折断了手中的树枝，随手抛出很远，"其实，他们的爱情最初不是发生在红杉林里，但到了红杉林，爱情就像进入了人生迷宫。"

杨山用脚尖把地上的烟蒂踩灭，哈哈一笑。

"有点儿神秘！是爱情神化了红杉林，还是红杉林让爱情神秘了？"杨山环顾四周，对马培秋说，"现实的爱情其实都很简单，复杂的是我们有不同想法，这是当代一位作家说的。"

"不，"马培秋意味深长地说，"会稽山的爱情历来不简单。"

他们边说边走进了红杉林。红杉林里没有路，但又令人感觉树与树之间都是路，而且每棵树的背面都能轻易隐身，给人想象的空间。几棵树排列在一起，视觉上形成一堵高耸的墙，人走在树林中，像在穿越时空。在地势低洼的地方，有小股溪流和宁静水面。他们站在水边，四周的倒影严严密密地围着他们，让他们融在红杉林间，分不清天高林深。马培秋说，红杉林的空间很大，感觉四周都有岔路，这样人容易迷失方向。但有一个简单方法，往左或往右不停地走，不要轻易改变方向，就能顺利回到出发的地方。杨山想起了博尔赫斯小说中的迷宫，若有所思地点点头。他想，所谓迷宫，其实是红杉林四处都有路，但四处都看不到路。

杨山见过红杉林。他一路走来，都在回忆自己刚来学校报到的情景。8月的校园出奇安静，他在学校办公室领取寝室钥匙后，一个人沿校外的溪边溜达。那天，他走累了，隔着溪滩远远地看到这片林子。"8月的水杉林还是一片充满生机的绿。一到初冬，这里就变色了，红得艳丽醉人！"杨山对红杉林的神奇颇为感慨。他眯起眼，想继续听马培秋讲述这里的爱情迷宫。

"至少在五年前，红杉林里的爱情已经存在。"马培秋说，"但爱情始于什么时候，无人知道。终结在红杉林，这是人人皆知的事。陈副校长和何关根老师是越州师院的同学，他们后来被小镇上的人关注，是因为他们同时喜欢上了镇卫生院的罗兰珍医生，成了'爱情明星'。"说到这儿，马培秋诡秘一笑，告诉杨山，"在会稽山，民众关注度最高的是爱情，其次是有钱人。开始我也纳闷，后来明白了，在会稽山区，爱情比金钱稀缺。或者说，有钱也难找到理想的爱情。这世上总是越稀罕的越珍贵。那一年上帝洗牌，给罗兰珍发错了位置。她应该在条件更好的城区医院工作，这不是我怜香惜玉，许多人都这样认为。"杨山说："我看到过罗兰珍医生的照片，在镇卫生院的宣传栏上。她给我的第一感觉是，真的很像日本电影明星山口百惠。"

"是的，镇上的人都夸她美若天仙，老师们有文化，喜欢称她为'会稽山女神'。"马培秋说到"女神"时，看到了一棵大杉树上的小松鼠。小松鼠在空中也看到了他，应该是看到了他俩，想惹他俩玩，尖叫一声，蹿到了离他俩更近的一棵杉树上。马培秋弯腰捡起一块鹅卵石，想吓唬一下小松鼠。杨山制止了他："别去理它，让它在红杉树上听一会儿爱情故事。"

马培秋哈哈大笑，随手扔掉石子，说："不是小松鼠想听，而是有人想听！据说罗兰珍在农贸小市场买菜时，周围总是围着一群人，年轻人居多。这些人不一定买菜，但对罗医生买菜感兴趣。我们语文办公室的才子王老师，说她是'小镇最亮丽的风景线'。他特别欣赏罗医生在金秋时节撑一把蓝色小伞，穿着时尚的碎花长裙，走在小镇狭长的石街上。他说她像展翅挺胸的蝴蝶，优雅、漂亮。他还为此写了一篇八百字的散文《小镇风景线》，发表在晚报副刊上。"

杨山瘦削的脸上掠过一丝羡慕，他熟悉王老师。"一个喜欢写诗的老师。"他开玩笑说，"我回去写一篇《风景线上的医生》。"说完开心地大笑起来。

马培秋说："你若早几年毕业来学校，也会喜欢上罗医生！"

杨山说："肯定，但我会暗恋罗医生。"

"为什么？"

"因为喜欢她的人太多了，排队也轮不到我。"

"是的，那些年镇里暗恋罗医生的年轻人很多。"马培秋回忆道，"相比之下，中学教师不论社会地位还是经济条件，都没有优势可言，但罗兰珍最终选择了教师，这是爱情之谜。我很欣赏我们老师，在爱情面前不含糊，他们不缺智慧与勇气。

镇上至今仍有一种说法，罗兰珍有一个星期去城里学习培训，回来后邮政所的阿姨给她背来了一麻袋情书。正是这些情书，让罗兰珍在阅读中有了比较和选择。最后，她的择偶范围缩小了，她选择了我们学校的老师。现在，许多人还在猜测，其实答案很简单，我猜测是我们老师写的情书很出色！事实上，陈老师和何老师都给罗医生写了不少情书。他们不仅写，还喜欢去卫生院找罗医生看病。据说有一天，何老师上完课，不经意间看到陈老师办公桌上放着写给罗医生的信。他当即回到自己的寝室，在寝室写好信后直接去卫生院找罗医生看病，说他感冒头痛。这一细节，何老师离开学校后，亲口告诉了陈老师。当时陈老师和何老师几乎同时喜欢上罗兰珍，罗兰珍则必须在她喜欢的两位老师中选择一位。她陷入了难题中。"

杨山说："有意思。这爱情也像运动会的比赛一样，有报名参赛，有预赛和决赛。"

"但到了决赛，比赛时间反而显得越来越长。这位漂亮的女医生来过校园多次，与她的工作无关，每次都是一个人悄悄来，两个男教师陪着她。他们去操场、去寝室、去溪边。最后，两个大男人依依不舍地送她离开学校。那时，罗兰珍谨慎地与他俩保持着同等距离的朋友关系。爱情的决赛一直拖到了这年冬天。

　　"陈老师和何老师是同一年被分配到会稽山中学的。陈老师是教数学的，山里人，文质彬彬，皮肤嫩白，中等身材，走路沉稳，一双眼睛特别有神，业余时间喜欢吟诗作画。何老师家在城里，身材高大，前额宽阔饱满，鼻子挺直，嘴唇厚实，说话幽默风趣。他业余最大的爱好是爬山和摄影。学校评价他俩在教学上是'珠联璧合的双子星'。一年后，在全县中学生年度数学与物理知识竞赛中，他俩辅导的学生双双获得一等奖。没有人怀疑他们的教学能力。在一定程度上，他们代表了学校的未来和希望，这是校长的原话。

　　"他俩同时喜欢上罗兰珍，是爱情故事中常有的事。从小镇书画交流活动，到乡村艺术摄影活动，再到周末年轻人聚在一起的歌舞娱乐，还有他俩有一段时间经常跑卫生院找罗医生，都是公开的秘密。小镇的人都在期待年轻人的爱情结局。其实，女医生喜欢中学教师，让学校的领导很有面子，但也令他们担忧，因为不管什么结局，最终都需要有人牺牲和放弃，这是摆在眼前的残酷现实。据说校长私下安慰大家：'这是学校有史以来的好事，爱情像比赛，能进入决赛的都是优秀的，我们应该感到无比欣慰和骄傲。'"

　　"你是这一年夏天被分配到学校的？"杨山问。

　　"是的。到了第二年初春，红杉林里的爱情已经结束。何老师在春节后离开会稽山，去了城里一所中学。陈老师与罗兰珍在金秋十月结婚。一年后的夏天，陈老师好事成双，他的宝贝女儿出生，他自己又被破格提拔为副校长，成为会稽山最年轻的中学领导。都说人逢喜事精神爽，有一天，陈老师与我们新来不久的老师喝酒，讲述了他和何老师在红杉林的故事。这应该是一段真实的历史，没有人怀疑。

"陈老师说，那年冬天下了一场小雪，雪后的红杉林特别美。罗兰珍与他俩约定，星期天三个人一起去红杉林玩。他们欣赏了红杉林的美景后，罗医生说做一个童年的游戏吧。她说了游戏规则，他俩高兴得像小孩，拍着手接受了——在红杉林捉迷藏，这里有人的智慧和老天给的运气——游戏规则是，罗医生一人先潜入大树林，消失在迷宫一样的红杉林。十五分钟后，陈老师和何老师同时出发，在杉林中寻找最美目标——罗医生，谁先发现罗医生，谁就赢了这场游戏。他俩接受任务时都觉得这游戏简单且好玩，没有往深处多想。而且，在这游戏中，运气在某种程度上起了决定作用。他俩在红杉林走了一小段路后，握了握手，像赛场上的对手互祝好运。大约一个小时后，陈老师幸运地在路口率先找到了罗医生。严格说，他不是找到了她，而是一种心灵感应——眼前晃过一个人影时，他判断是罗医生。他和罗医生在原地等待何老师，却迟迟不见他的人影。

他们怕他在红杉林的迷宫中迷失方向。这时，陈老师果断拉起罗医生的手——他怕两人在红杉林中走失。最后，两人在一棵巨型红杉树前，找到了何老师……

"在红杉林里的游戏结束后的一个星期天，一批城里的中学教师来学校参观交流，带队的是他们的史校长。史校长和我们孙校长是大学同学，所谓的参观交流，感觉像在迷宫中进行。这些城里老师说，他们羡慕这里的工作和生活环境，特别喜欢这里的空气和水，人际关系就像蓝天白云一样和谐可爱，对我们学校是慕名而来。这让我们这些山里的老师感觉不可思议。他们观摩了陈老师和何老师这两位年轻教师的课堂教学，又与数学和物理两个教研组的教师进行交流研讨。这天晚上，史校长单独和何老师在寝室里聊天，没有人知道他们聊了什么。第二天上午，史校长又找陈老师在操场上的柳树下谈话。我那时年轻，刚来学校不久，对领导找人谈话的事不感兴趣。

"这天下午，城里的教师要返程了，孙校长和老师们在学校门口欢送他们。史校长握着老同学的手说：'这次来会稽山的任务圆满完成。'他欢迎山里的老师们去城里的学校走访交流。孙校长感觉像在迷宫中一样，始终搞不清楚老同学这次进山交流的主题。史校长没有留意到老同学脸上的复杂表情。他与陈老师握手时，赞扬他的课讲得精彩。接着，他又走到何老师跟前，左手握住他的手，右手拍拍他的肩膀，一言不发，眼神里却流露出期待。陈老师后来回忆说，那一刻，他无意中看到了，心里泛起一种不安的预感。不久，何老师调离了会稽山中学。"

这个真实的故事，在会稽山没有其他版本，杨山在其他老师那里听到过。故事的结局是他们三个人在红杉林里以捉迷藏游戏结束了爱情的选择，让大家茶余饭后有了不同的联想。但马培秋认为红杉林里的爱情只是人生的一个片段，杨山认同他的观点，对后面的故事不感兴趣，他想知道这个故事的几处链接。他眯起眼睛问马培秋："陈老师和罗医生后来还常去红杉林吗？"

马培秋说："这么多年没看到过他们去红杉林，偶尔能看到他们在溪边散步。"

杨山又问："是怕爱情在红杉林里迷失了？"

马培秋说："不会吧，真正的爱情迷宫都在自己心里。"

杨山点点头，他的另一个问题是："何老师留下了关于红杉林的摄影作品吗？"

马培秋说："他在晚报上发表过以溪滩和红杉林为题材的摄影作品，镇政府的文化宣传栏里还有他的摄影作品呢。"

杨山说："听说罗医生很欣赏何老师的《红杉林印象》？"

马培秋笑道："呵呵，其实你知道的事不少。"

杨山坦言："刚参加工作，对爱情和迷宫感兴趣，办公室的老师也喜欢聊这些话题。"

马培秋说："据说这幅作品是何老师离开会稽山时赠送给罗医生的。罗医生曾经挂在她的门诊室的墙上，但许多人看不懂画面表达的美学意境。"

杨山说："我去卫生院看病时看到过。照片的艺术表现很容易让人想到莫奈的《日出印象》。"

马培秋说："作品是一个人的生命密码，一般人难以破译。"

他们边说边进入红杉林的腹地。这年冬天很冷，地上有水的地方结了一层冰，脚踩在冰上发出玻璃碎裂的声音，清脆刺耳，惊动了树梢上的一群鸟。鸟拍打翅膀发出冷寂而揪心的声音，它们一齐向树林深处飞去。杨山不由自主地停下脚步，目不转睛地看着一群鸟在林中消失。

"真希望这个故事没有结尾，像一群鸟在你的眼前突然穿越，在红杉林的迷宫中又瞬间消失。我们都知道这是生命的一种假象。"杨山说。

"但在他们心里，红杉林不算是爱情迷宫。"马培秋说，"因为他俩在捉迷藏之前去过几趟红杉林。听学校里的老师说，那里曾经是他们爱情谈判的地方。两个好朋友同时追一个姑娘，过程曲折，他们的故事不逊色于好莱坞的爱情经典，只是我们不知道他俩在红杉林的谈话内容。"

"内容不重要，但过程令人深思。"杨山笑着说。

马培秋走在前面，两个人走得很慢，他们害怕在林中走失。四周都是高耸挺直的红杉树，望不到溪滩与远山。这里的每一棵树都有个性，仔细分辨，它们的个性都体现在树梢，那里恰恰是不同类型的鸟栖息的地方。马培秋注意到，麻雀栖息的杉树，黄鹂不喜欢；白鹭栖息的杉树，斑鸠不喜欢。但所有的鸟在林中飞越，从不迷失方向。红杉林不是鸟的迷宫。杨山说，答案在于红杉林是鸟的家。一个人找到了家，就不会迷失方向。这时，杨山在一棵盘根错节的巨型红杉树前停住了脚步。"这就是故事中罗医生和陈老师一起找到何老师的地方？"马培秋抬头望着树说，"眼前的这棵树挺像夫妻树。"两个树枝在离地一人高的地方缠绕在一起，向上舒展双臂，整个造型像空中舞蹈的两个艺人，相拥在一起，浪漫温馨。

"也许这就是红杉林的爱情圣地？"杨山仰头审视着红杉树，仿佛在回忆一件遥远的往事。

马培秋则对故事中何老师最后离开会稽山一直心存疑惑。他用怀疑的目光打量着红杉树，认为这背后或许隐藏着人生的另一个迷宫，而这些迷宫似乎都与红杉林相通。这是他这次约杨山一起寻访红杉林的真正目的。他确信自己迟早能把它想明白。

那天，他在红杉林长满枯草的空地上来回踱步，默默不语，反复思考着这件事。

他们第二次相约走进红杉林，是一个雨后的晴天。高山上刚下了一场雪，溪滩上出现了暗霜。红杉林喜欢寒冷的冬天，越是寒冷，树叶越红艳。杨山需要比较红杉林日复一日的红艳度，他带上了红梅牌照相机。另外，他有一个思考了一星期的问题，需要在现场寻找答案。他对马培秋说："你认为罗医生在进入红杉林之前，设计好了捉迷藏的游戏？"

马培秋说："她不仅设计了游戏，也设计了游戏的答案。"

杨山呵呵一笑："这么说，在游戏之前，已经有了答案？"

马培秋略一沉思："爱情的答案始终在罗医生心里。红杉林的迷宫让他俩再次迷失自己，然后，罗医生帮他们重新找回了自我。"

杨山会意地笑笑："如果这样，何老师离开会稽山，注定是游戏的结局。"

马培秋摇摇头，说："红杉林迷宫中的游戏，没有结局。"

"为什么？"杨山感到惊讶。

马培秋告诉杨山，有两件事让他至今颇为感慨，尽管他不是见证者。一件事是何老师在办公室对陈老师有交代。在离开会稽山的前两天，何老师选择上午两节课后许多人都在的时候，郑重要求陈老师一定兑现在红杉林的全部诺言。陈老师一脸严肃地答复他，请他一万个放心，苍天可鉴！说毕，两个人在办公室握手拥抱，场面十分感人。另一件事是这天晚上，何老师独自去了红杉林，但他没有进入林中，而是站在林外。学校的一些老师在溪边散步，远远地看到他的背影，那背影在夕照下显得特别孤单。直到天色昏暗，老师们离开了溪滩，他还站在原地。

"陈老师给罗医生写过一首诗，发表在《越州晚报》上？"杨山用探询的目光注视着马培秋，神情似乎有点儿茫然，仿佛在追忆一件久远的往事。

"那首诗叫《红杉林的女孩》。"马培秋若有所思地望着杨山，皱了皱眉头，"你怎么知道？"

杨山调皮地露出一丝得意的笑："听办公室里的老师说，两个人暗中较劲最激烈的时候，陈老师想到了诗歌。最终，他用诗歌的神力击穿了罗医生的芳心？"

马培秋迟疑了一下，点头说："也许你说得有道理。期待在红杉林遇见丁香一样的姑娘，这是诗的主题。诗中爱情的力量势不可当。"马培秋说，"但我特意看过诗的发表时间，是在红杉林的游戏之后。"

杨山说："这不是问题。如果游戏之前，陈老师将未发表的诗献给罗医生，如果罗医生在心中接受了这首珍爱的诗歌……"

马培秋信服地点点头："说得有理。天外有天，红杉林的迷宫之外有迷宫。生活本身就丰富而复杂。"

杨山的另一问题是："红杉林什么时候成了爱情的迷宫？"

马培秋认为，从陈老师与何老师同时爱上罗医生，两人进入红杉林的那天开始。他俩本意是想在红杉林找到爱情的答案，但现实让他俩在红杉林更迷茫，像陷入了迷宫。他们重返红杉林时，罗医生让他们重温了童年的游戏，但游戏的真相是人生的一次痛苦的选择。事到如今，他们表面上都轻松地接受了，因为他们是同事加好朋友。

杨山沉默不语。过了一会儿，他突然问马培秋："一个看似简单的问题，也是爱情的终极命题——罗医生为什么选择了陈老师？许多人，包括学校里的老师，都认为何老师各方面的条件比陈老师优越。如果没有红杉林迷宫一样的游戏，按一般常识，罗医生应该选择何老师。"

马培秋嘿嘿一笑："这正是会稽山爱情的魅力。如果爱情都是世俗的选择，那它还能吸引我们吗？"

杨山问道："是不是你也认同这种说法——罗医生最终选择陈老师，是红杉林最大的爱情迷宫？"

马培秋上下打量了杨山一番，犹豫了片刻。

"从历史的角度看问题，孙校长说得最好——罗医生的选择让更多人看到了会稽山爱情的美好，因为她选择了我们的老师！"

离开红杉林时，马培秋终于说出了多年来藏在他心里的另一个疑问："何老师在林中首先发现罗兰珍，但他又自动放弃，这种可能性存在吗？"

杨山思索片刻，认为万事皆有可能。他冷静地分析道："这场爱情游戏，应该是当事者迷，旁观者清。游戏中的所有情感，在红杉林的迷宫中真假难辨，但只有一件事让后人觉得真实可信。"

马培秋问："什么事？"

杨山说："走出红杉林后，罗医生和陈老师结婚了。"

马培秋说："事实上，陈老师率先看到罗医生，同样存在真假的问题。"

杨山表示认同："是的。在陈老师看到罗医生之前，至少存在这样的假设——何老师发现了罗医生，但他放弃了，或罗医生在林间发现了何老师，但她继续在林中隐身……"

马培秋说："还有一种可能，罗医生在暗处发现了陈老师，便主动出现，让陈老师率先看到她。"

杨山说："是的，这是红杉林迷宫中的另一种假设。"

马培秋说："其实，每个人的情感深处都藏着不为人知的迷宫。"

这一次，杨山一个人走进了红杉林，时间是 12 月 30 日——一个星期天的上午。一周前，马培秋告诉他自己辞职的消息，春节后他将随舅舅去南方。杨山想此时一个人走一趟红杉林的"迷宫"。他选择了往左转，一直走下去。他已经知道红杉林的"迷宫"是一个巨大的圆。天地之间的圆，有许多看得见，也有许多看不见，在无形中存在。他想到大学课堂上老师讲的古希腊"爱始于圆"的哲学命题。人生的谜底也许就是一个巨大的圆，但许多时候我们都会在不知不觉中迷失方向。

他需要一个人静静地欣赏红杉林的美，而红杉林中留下的谜，他需要时间，慢慢去品味。

杉树上的针叶悄然落下，遍地是红叶。此时的红杉林像一个红色迷宫，正收藏着时光留下的痕迹。杨山想，一个人在红杉林，看到的、想到的也许与以往不一样？

　　他心里清楚，马培秋的辞职，留给他的是人生的另一个迷宫，而迷宫的核心正是他写的组诗中的最后一首诗——《红杉林》。

迷途的人

　　2017 年春天的一个下午，在会稽山镇图书馆三楼，退休多年的中学老师杜云生把家传的一本古书《会稽山拾遗》赠送给了图书馆。他是一个身材瘦小、面色白净的老人，穿一身干净素雅的中山装，戴一副圆圆的眼镜。据他介绍，这本古书是清朝乾隆年间的线装本，书的作者是杜老师的祖先杜德明。馆长为老人献上鲜花和荣誉证书，表达了感谢。仪式结束后，馆长和老人在会客室进行了友好的交谈。

　　这年冬天，馆长应邀参加了会稽山中学的红色经典文化活动。其间，校长告诉他，杜老师在两个月前不幸病逝，临终时还惦记着那本祖传的古书。听到这个消息，馆长一脸惊讶，心情悲痛。这天的校园文化活动一结束，他就匆忙赶回图书馆，一个人在藏书室点燃三炷香，然后埋头读起了《会稽山拾遗》。他一直没来得及抽时间认真拜读此书，想以虔诚之心报答杜老师在天之灵。他忘了吃晚饭，阅读一直持续到凌晨，在古书的最后一卷空白的玉版宣纸上，他读到了杜老师早年用毛笔小楷书写的"补记"，落款时间是那一年的9月21日。

……我承认，《会稽山拾遗》中的"洞穴之谜"是祖先二百多年前留给后人的科幻故事。暂且不问书中洞穴生命的存在，就说要寻找到祖先在书中描绘的洞穴，这比登月还难。我只想考察祖先走过的路线，寻找一种穿越时空亲近祖先的感觉，这是一件很有意义的事。这念头，我在刚参加工作时就有了。我曾怀疑祖先在洞穴传奇式的"拾遗"，是他二百多年前留下的梦。当然，这样的梦只能在他的子孙中流传。有一天，我意识到自己也在变老，有了许多新奇的想法，而且有些想法与祖先的想法不谋而合，这已经是二十世纪九十年代的事。有一个时期，听到小镇上的一些传闻，我无心在教室里安静上课，在办公室坐立不安。老师们都以为我"更年期"提前了，其实，冥冥之中我似乎听到祖先在梦中的召唤，我想去探究祖先在书中留下的洞穴之谜。

我有三天时间在溪滩上祈祷，都选择在晚上。我不求神灵保佑，只想让祖先在天之灵知道，他的后人正在做他和当年一样有意义的事。

我说过，我对未知世界探索的欲望来自家族的基因。祖先在书中提到的七个地名，通过古村几位老人的证实，有三个地名不存在，另外有两个地名在民国时期已更改，剩下的两个地名保留至今：一个是溪岩岭，另一个是普济桥。这两个地方都在祖先书中讲到的神秘洞穴附近。在会稽山的群峰间行走，迷途不可怕，往往在峰回路转中豁然开朗，收获意想不到的美景。

那天，我准备了充足的干粮，出发前准备了一些预案，譬如，意外摔下山沟后的求助，林中被毒蛇咬伤后的自救，等等，但没有迷途的预案。意外遇到山洞是晚上的事，其中的玄机只有山神知道。明明是趁着天黑前赶回学校，结果在路上越走越远。群山黑下来后什么也看不到，四周漆黑一片，像老家烧饭的锅底，伸手不见五指。唯一有感觉的是一股强劲的冷风，始终朝一个方向吹，像山谷路口有一架巨型鼓风机在工作一样。我凭经验感到左前方有一个山洞，在山谷的丛林深处。但山洞不是被找到的，而是神一样地遇到，遇到的过程像在梦里一般。

后来发生的事，有许多已无法回忆。天完全黑了，我打开了手电筒，但看不到四周的景物。在洞穴不远处，手电筒的电珠突然爆裂，我从口袋里掏出了备用的打火机。这时，空中有树枝掉下，打在我的手上。许久，我听到打火机坠入山谷的微弱声音。我只好小心地摸黑往前走，习惯了在黑夜中探险。幸好那天夜空中有无数明亮的星星，我能探测到脚下的路。这是探险者必备的生存技能。

洞穴里始终有一股风在吹。我的第一感觉是，我应该是在《会稽山拾遗》中提到的"洞穴"里，我置身于一个未知的世界，一个与祖先相隔了二百多年的世界——洞穴的神奇，祖先在书中其实也没有说清楚。我不知道在洞穴里走了多少时间。洞内没有路，整个洞穴就是穿越时空的一条路，不由你选择，但你可以一直往前走。清凉的风在前面一直吹，换个角度理解，风在友善地引导着我前行。因为漆黑一片，风吹在我脸上和手上的感觉十分明显，像是一束光照到我心里。我的好奇和困惑，使洞穴越来越黑，越来越深。想到自己此时置身于二百多年前祖先的那个世界，我想到了科幻，想到了外星人，想到未知世界，而问题是我的祖先此时在哪里？他能看到我在洞穴里吗？能预测我在洞穴的未来吗，是有收获还是有风险？我想与祖先交流，想直面祖先，因为对于书中的内容，我有许多疑问，需要他的释疑。我不知道自己怎么会有那么多怪异的念头，也许与置身于洞穴有关，也许它真的不是一般的洞穴，它的存在与祖先二百多年前的奇遇有关。我对洞穴充满神奇的想象，这让我忘掉了洞穴的黑暗与自己的恐惧。此时，我的眼睛一定像黑夜的星星一样闪闪发光，同时，我在捕捉黑暗中每个光点或亮点。我满腹狐疑地回忆着祖先在书中提到的每个细节。除了黑暗中的风和身边的岩石，我想知道洞穴中还有没有别的存在。

我听到了水滴的声音，水从头顶上滴下。我又听到了脚边水流的潺潺声，像小提琴优美的旋律。我因为干渴而难受，喝了一小口水。这是祖先在书中讲的神奇的山泉水？我感觉此时洞穴宽阔了很多，像一个大厅或是地下的宫殿，但水流到何处永远是一个谜。我曾在探访古山村时与长寿的老人们交流，他们告诉我，在人迹罕见的高山密林或无名洞穴，有时会幸运地遇到一股神奇的泉水，你喝了解渴，也许会因此而长寿，但若误饮了迷魂的魔水，后果不堪设想。我想到了祖先的长寿与洞穴泉水的某种关联。水中有甜味，虽然十分好喝，但我不敢多喝，怕在洞穴里突然入魔发疯，永远没有人知道。

过了许久，我走到了洞穴的底层，但是在梦里，因为我醒来时，发现自己在往上走，缓缓的上坡。口干的感觉在黑暗中特别强烈，我忍不住又喝了洞穴石壁上流下的水，感觉挺特别。水是甘甜的，与祖先在书中讲述的山泉水一样，但我依然不敢多喝。我的好奇，来自对洞穴的无知和洞穴对入洞者设置的黑暗。我想到祖先的书上的话："既然入洞，必定平安返回，否则，入洞意义何在？"我信服祖先的超人智慧。不得不承认，这是祖先二百多年前偶然发现的地下迷宫，在祖先的书中，它没有形状，没有时间。开始，我很谨慎，在洞穴中四处小心求证，然而，我放弃了。我想到洞穴的存在超越了时间，而我和祖先只是时间的过客，在会稽山的一隅。

现在，我已不记得自己是怎样走出洞穴的，最后走过了哪些路段。许多人读到这里，会说我卖关子，故作矫情，其实那时我走累了，边走边睡。这样在睡眠状态下无意识地走路，像小时候的梦游症一样，恐怕现代科学也解释不了。我醒来时发现自己坐在一块巨型岩石上，周围是茂密的树林，边上有一位胡须花白的老人在砍柴。他在太阳下山时带我穿过树林，帮我找到了下山的路。在山下林中的岔路口，他告诉我会稽山小镇的具体方向。我回到学校后，整个人才如同从睡梦中醒来一般。但很快，我后悔了，因为我清楚地记得与山上老人的分手，在我下山时，老人去了另一条山路，匆忙中我忘了记下老人的住址和姓名。我坐在办公室喝茶，似乎恍然大悟：那山上老人分明不是一般的人，他在崇山峻岭孤身一人砍柴，又在山上挑着二百多斤的柴担，行走起来却轻松如风。

我回到学校那天，办公室的同事们围着我看长看短，都说我在外面失踪了一个星期。我那时感觉自己没有完全清醒，坐在椅子上继续喝茶。给我倒茶的老师说我已经连喝了七杯茶，但我还想再喝七杯，迷迷糊糊听着他们说笑。我后来知道，刚回到学校时，我在潜意识中始终没有时间的概念，慢慢才恢复了对办公时间的意识，因为当时我长时间坐在办公室里。我后来回忆这细节时也怀疑——我是不是有一段时间走进了祖先书中的时间——这恰恰是祖先在书中质疑的故事核心：洞穴是会稽山的心脏，没有时间，同样没有空间，因为当生命穿越而过，洞穴不复存在。当然，我无法知道洞穴的真实结构，只感觉它有许多转弯，所有转弯沿着相同的方向。教数学多年的周老师告诉我，如果把我的回忆画成图，洞穴或许是立体螺旋式的，却深不见底，像神话中的迷宫。但我知道，这只能是科幻的假设。

我在山洞走了整整一个星期，这是我回到学校后才知道的事实。隔壁寝室的卢老师悄悄告诉我，我真的走失了一个星期，前些天学校还在组织人员寻找，怕我自杀，到最深的溪潭里去打捞了。两天后，学校报警。校方配合警方打开了我的单人寝室，校长让邻居卢老师作为目击者，见证了警方在我的寝室里执行警务的全过程。他们勘查得认真仔细，卢老师说，他们连我床底下存放的两个南瓜也拿去切片化验。在我的脸盆架下，他们发现了拳头大小的老鼠洞穴。一个年轻警官用塑料桶的水灌入洞穴，听到的是"咕咚咕咚"的流水声。一位老年警官判断，洞是无底的，地下的洞穴连在一起，形成一个庞大的地下世界。他们后来重点寻找我留下的文字材料，譬如遗书什么的。他们在抽屉里找到了我的日记本。那些天，我记在日记本上的所有秘密，警方全都掌握了。我对学校领导和同事的各种感受，对学校评奖评优的胡思乱想，全记在日记上。所以，我回到学校后，领导不需要听我的各种解释，只是一个劲儿地安慰我："好好休息，注意身体。"

我现在回忆起我进校园时，许多人看到我惊讶无比，神色复杂，与我保持着距离。有人还一路奔跑到校长办公室，估计是去报告校长发现我回来了这一重要情况。我熟悉校长那间豪华宽敞的办公室。当时，只有门卫董老师的阿黄看到我特别亲热，没有大声狂叫，而是不断地晃着僵直的尾巴，发出"呜呜"的友好声音。阿黄是董老师从家里带到学校的老狗，我认识它已经十年了。阿黄用它细长的脖子磨蹭着我的旅游鞋，极有耐心地嗅着我触地的裤管，裤管上有泥巴和树叶。我不由自主地去口袋里掏好吃的东西，譬如鸡腿、香肠给阿黄，但我的口袋里只有从洞穴带回的潮湿空气。那一刻，我低下头看着阿黄难受了好久。阿黄似乎知道我的窘迫，抬起头伸长舌头，嘴巴里发出"咕咕咕"的声音。就是那一瞬间，我心底突然泛起一种恍然隔世的遗憾——对，我应该带上阿黄去洞穴！在人类发现不了的时空，阿黄或许能发现我们看不到的未知世界。阿黄的眼睛能看到人看不到的另一个世界，它能闻到另一个世界的味道。

我这样呆呆地想着，阿黄在我面前摇着尾巴，有几次前爪蹿到了我的胸前，但很快又低下了头。我看不出阿黄有什么异样的表情，后来它晃着脑袋回到传达室的样子，与我记忆中一模一样。

我知道阿黄有自己的世界，有自己的记忆，有自己感兴趣的东西。

等我明白这个道理时，似乎已经发生了一件无可挽回的憾事——原来我返回学校时，从溪滩涉水而过，我的鞋子、裤管浸泡在水里，整个人滑倒在溪水里——我身上唯一能从洞穴中带来神秘信息的鞋子、裤管、衣服——都浸在水里。神秘洞穴在我身上仅存的信息已荡然无存。这大概是阿黄对我彻底失望的真实原因。

这天晚上，我一夜未睡。天快亮时，我迷迷糊糊地入睡，似乎在梦中听到了阿黄隔着溪滩，面朝大山吼叫的声音……

都说祸不单行，人生的遗憾也是如此。我回到学校的第三天清晨，阿黄竟然从一楼跑到教师宿舍楼的三楼，在走廊对着我的寝室门叫起来。我从睡梦中惊醒，打开门，阿黄像一位佝偻的老人，直立着用前爪胡乱扑在我胸前。很快，阿黄又注意到了我的脚，它想嗅我前天穿的那双鞋？它嗅了我的脚背，用温热的舌头舔了我的脚趾（我穿着拖鞋），阿黄想嗅我的裤管？它一定是急疯了，找不到我前天穿的那条裤子的裤管。突然，阿黄抬起了头，睁大了眼睛，望着阳台外的溪滩和高山，狂吠不停。那叫声让人感到从未有过的害怕，毛骨悚然，把整幢宿舍楼的老师都从睡梦中震醒。我惊恐地看着阿黄匆匆下楼的背影，前天我就有一种不祥的预感——我涉水而过的那条溪流，现在还到处漂流着我无尽的遗憾。我在阳台上出神地望着溪滩，想祖先发现的洞穴或许依然存在，在很古老的时空中。那里的时空有着人无可分辨的存在，是神秘的未知世界。

我返校后第二周，一个人重新去山谷寻找洞穴。这次我不想惊动学校，甚至警方。我在寝室抽屉里放好了情况说明——我自愿寻找，并附上我寻找洞穴的路线图和理由。我背包里放足了食品和水，并备足了手电筒的小电珠。但在接近山谷或洞穴时，我的记忆莫名其妙地开始模糊，类似于指南针遇到磁场的莫名干扰。我只认出了路边的大岩石和边上的一棵巨型枫树。那些茂盛的灌木丛林和野竹，几乎千篇一律，没有标识。我想起陶渊明后来找不到路径的桃花源，迷失在群山峡谷，但这绝不是会稽山的"桃花源"。它存在，或许是另一种形式的存在，在古书，还有祖先和我的记忆中。还有一种可能，与我喝了洞穴里的水是否有关？不久，会稽山遭遇了强台风，这是那年唯一的超强台风。台风在穿越会稽山时，引发山洪暴发。这天，阿黄从暴雨中跑来，在我寝室门口"呜呜"地叫，我以为它害怕了台风，发现它浑身湿透，脸上流着水。它后腿盘坐在地，注视着前方的群山，我看到它浑浊的双眼似乎在流泪，它哽咽的声音像婴儿。我惊觉，阿黄注视的远方有神秘的洞穴？洞穴有崩塌的危险？

三天后，台风停了，阿黄不再哀号。我再次猜测，那山谷里的神秘洞穴或许还在，那里的时空永远存在？窗外，世界平静如初，太阳从会稽山的东边升起。

接连发生的这几件事对我心灵的震撼十分强烈，让我至今无法排遣内心不安的情绪。我常常这样假设：如果人在洞穴里生存，生命或许是永存的。我的推理与联想来自洞穴附近的一些深山小村，那里生活着许多长寿的老人，他们与我的祖先一样，相信自己生活在一个神奇的世界，尽管不一定是祖先书中描述的洞穴。一天晚上，在月光下，我和历史老师在操场上散步。我说出了心中洞穴的神秘存在。历史老师建议我去探访会稽山北麓的"禹穴"和"阳明洞"。他帮我分析了这些洞穴与我心中的洞穴的相似之处。一是它们同处于会稽山的地理环境中，二是洞穴存在某种神秘性。"或许还有其他更多相似之处。"这是历史老师的预言。一个月后，我去了传说中的"禹穴"和"阳明洞"。这些洞穴在会稽山都是有历史意义的遗址，供游人游览。我在两种不同类型的洞穴中，寻找与祖先书中相似的地方。但除去历史风尘与久远时光，大禹与王阳明的洞穴更多的是神话，像神一样创造了世界，继而创造了洞穴。因而，这些洞穴世界连同历史人物一起被人崇拜。

我后来知道，所谓我失踪的那些天，我原计划带学生参加的一年一度的县中学生作文比赛照常在进行，而且学生们获得了好成绩，光荣榜上指导教师的名字依然是我，另外再加一个老师（比赛规则允许指导老师有两人）。还有，那一周学生的语文课照常在教学楼的302和307教室进行，书声琅琅，课表上的教师名字还是我……所有这些现象，让我将目光再次投向远方的群山深谷，我甚至怀疑时光存在双重标准。这一年度的教师考核在年底进行，学校报给教育局的年度考勤表上，全校教师无人缺勤。"所谓有教师旷课一周，在会稽山的时间溪流中，并不存在。"这是校长在教师会议上富有哲理的讲话。他在会后与我交谈时，让我面对现实，忘掉那些不复存在的过去。

最后，简单说一下我为何写下这篇"补记"。小时候听祖父说，祖先杜德明是乾隆年间的进士，他留下的木版雕刻印刷的《会稽山拾遗》一书，是杜家的传家宝，已成孤本。古书的封面已残缺不全，书内纸页年代久远，受损十分严重。我早有想法，把古书赠送国家，这可能是古书最佳的归宿。

《会稽山拾遗》共计四卷，大多是祖先的诗文。杜德明二十四岁考取进士，先后在山东、河南和京城等地为官。七十三岁告老还乡，乾隆五十六年病逝，终年一百零三岁。他的长寿在当时是一个传奇，我阅读了《会稽山拾遗》后，这似乎有了可信的答案。他还乡后喜欢一个人徒步在山野考察。他八十五岁时还喜欢一个人徒步考察会稽山的禹穴和"阳明洞天"。乾隆三十九年的秋天，祖先背着干粮在山野考察时，误入无名洞穴，走了数天，留下他在《会稽山拾遗》中唯一一篇类似科幻游记的《会稽探秘》。正是这篇文章，引发了我和父亲不一致的观点，以及我后来一意孤行的探险。父亲生前一直认为《会稽探秘》是祖先某日的梦幻之作，这我理解，因为在现实中，我们往往将梦幻视同现实，而又将现实视为梦幻。但我更相信《会稽探秘》是祖先在会稽山亲历的一次奇遇。在父亲病故的第三年，我有了一次与祖先一样的奇遇，虽然留下遗憾，留下失踪一周的传闻，但在现实中很难重现我们在迷途中遇见的种种神奇。也正是这些原因，会让后人认为我们记下的这些不真实。不过，我想说，其实我们都是历史的迷途人。祖先迷途的洞穴，需要我义无反顾去探究，我将成为洞穴中真实的存在。我相信，祖先二百多年前写下这篇探险记时，一定想到过这些问题。我们现在的迷途不可怕，相信后人能重新发现洞穴和曾在洞穴中迷途的我们。

我们都是历史的迷途人，是因为相信后人能在历史的迷途中寻找到我们。

我想把祖先和我的这些思考写下来，留给后人……

读完杜云生老师的"补记"，又阅读了《会稽山拾遗》书中收录的其祖先杜德明的部分诗文，天已微明，馆长一夜未睡。他用手背揉了揉胀痛的眼睛，皱起了眉头，在心里叹息着自己留下的遗憾。在杜云生老师的"补记"中，有几处疑点需要咨询，但现在何处去询问？馆长狠狠地吸着烟，手重重地拍在桌子上，后悔自己没有及时阅读此书。

第二天上午，馆长来到学校。他找到校长，想了解当年杜云生老师失踪的一些情况，尤其是时间节点。校长年轻，但听说过这件事，具体情况他不清楚。当年的老校长退休多年，已病故。年轻的校长找来几位年龄大的老师，让他们共同帮助回忆杜云生老师当年失踪的往事。但这些老教师面面相觑，摇摇头，对真实的情况，他们记忆模糊，细节也确实不清楚。校长叫来档案管理员，打开尘封多年的与杜云生老师有关的档案铁盒。空荡荡的盒子里只有几页纸，纸上的内容竟然与杜云生老师在《会稽山拾遗》中的"补记"一模一样。"估计当时学校在年终教职工考核时，因为工作要求，让杜云生老师详细写过他失踪的经过？"校长分析道，"可以猜想，杜云生老师写这份材料时，已经有了捐赠图书给国家的想法。他当时写了一式两份的失踪经过，一份学校存档了，一份他自己附在《会稽山拾遗》后面。"

第二年秋天，馆长请小镇非遗传人范师傅将古书复制了数册，赠送给了一些图书馆和文化馆。这年的深秋时节，他去了会稽山北麓，实地考证杜云生老师在"补记"中讲到的禹穴和阳明洞。大禹在会稽山秘藏的所谓金简玉书，毕竟是传说。他看到的"禹穴"，与《会稽山拾遗》和杜云生老师描述的完全是不同风格。他转身又去看了"阳明洞"，"洞穴"不深，光线明亮，适合人类居住和读书。若说神秘，那便是阳明先生在洞穴产生的思想极具光辉，洞穿天地人间。馆长一人在洞穴中徘徊良久，想不出此洞穴与杜云生老师讲述的洞穴之间有何联系。他最终一无所获。他自知无法进入王阳明思想的"洞穴"。他在洞口与想象中坐在洞穴岩石上的王阳明挥手作别。残阳下山，他朝洞穴的最深处恭恭敬敬地叩了三个响头。

2017年12月，馆长到了退休时间。他带走了馆中一本复制的《会稽山拾遗》，并把三百元书钱交给财务室。

陆家村的古道

　　寻访陆家村，是为了找到一条古道。那天校长来办公室看望我们这些新来的老师，言谈中聊到本校的陆老师多年来一直在走的神秘古道。校长走后，语文教师牛哥隔着办公桌对我们说："古道在古诗词中很常见，如马致远的'小桥流水人家，古道西风瘦马'。校长讲的'古道'，这附近到处都有，你们别那么认真。"他点燃一支烟，"我们都知道陆老师课余在研究古道，但谁也不知道他的研究有了什么名堂。"牛哥认为，刚才校长建议我们去古道上走走，是因为我们新来不久，他怕我们在山里教书久了，耐不住寂寞。

　　第二天，我从其他老师那里了解到，陆老师是刚退休的历史老师。我来学校报到的前几天，他办理了退休手续，我们在校园里可谓擦肩而过。从因缘上讲，我来学校教历史课是补他的缺，他是我人生中的一个"坑"。我常常把自己比喻为圆球，由此及彼，一路滚动。

有一段时间，我在办公室听到最多的是关于陆老师的各种传闻。他刚退休，大家说他的传闻感觉新鲜。他有两件事常被老师们谈论：一是他终身未娶，二是他的古道研究。对于前者，老师们有各种猜测。除了在那个特殊的历史时期，他家成分不好，还有可能他的心理或生理有问题，有人猜测。很多人都对陆老师痴迷于研究古道感到不解。他们认为，中学历史或地理教学中的"古道"研究没有多少意义，因为不能给升学加分，也构成不了乡土历史地理教学的特色亮点。但是我在秋季参加县教育局的中学历史教育年会时，对陆老师的敬意油然而生。年会上，我们学校被列入理事单位，我这个新入会的老师，被破格定为历史教育学会的理事。我知道会议有这样的安排，与陆教师退休前的出色工作有关。会上交流时，我发现大家都对陆老师印象深刻，尤其对他的会稽山地方史研究赞不绝口。学会的一位领导会后笑容可掬地找到我，询问陆老师对古道研究的最新情况。"这是一件很有意义的事，也是山村学校历史教育的特色品牌。"领导十分肯定地说，"它填补了我县乡土历史研究的空白。"

从历史教育年会回来，我把陆老师的"古道"研究列入课外兴趣。我开始有意识地搜集他的研究资料，包括他在不同场合的发言和在报刊上发表的学术文章。

有一天，我在办公室咨询一位满头白发的老教师。偌大的办公室只有我俩，老教师穿一身淡雅的休闲汉服，戴着一副瓶底厚的眼镜，对我说："陆老师确实与众不同。你看到过他的照片吗？他的眼神与我们不一样。"我没有看到过陆老师的照片，学校宣传栏里有最近教师活动的一些照片，可惜他都是在人群后面，我看到的都是背影或侧影。我直白地告诉老教师，我想知道陆老师研究古道的"秘闻"。老教师捧着茶杯，呵呵一笑。我闻到了他口中有一股酸味。我挪一下身子靠近他，做出一副愿意洗耳恭听的样子。他笑道："古道在会稽山无处不有，但陆老师舍近求远，喜欢跑到离学校很远的陶公岭古道。"沉吟片刻，老教师皱了一下眉头。我给他点燃一支烟。他摆摆手，说："若说'秘闻'，他有近二十年时间潜心研究古道，这是常人不可理解的。"我忍不住插话："为什么？"他放下手中的茶杯，给我绘声绘色讲起了陆老师探寻古道的逸事——

"他每次出发去古道时像个孩子，回来后像一名战士，精神抖擞，满面红光，见人就大声打招呼。大伙儿看他这情形就知道他走古道又有了新收获。他说走古道是历史的探寻，就这个问题，我与他交换过意见。在学校开运动会期间，我俩都被分配到跳远裁判组。在沙坑边的树荫下，我们有时间畅聊古道、历史和户外运动。他的精神与身体状况都很好，往往一走就是一整天。他左肩背着一个褪色的军用水壶，右肩背着绣有'为人民服务'字样的军用挎包，包里塞着一些干粮和水果，也有其他东西。他有沿途记录的习惯，说是学徐霞客先生，所以他包里还备着笔记本和圆珠笔。陆老师终身未娶与他的出身不无关系，这是办公室主任的解释。他是我师院的校友，我们平时无话不说。"

深秋的会稽山，是走古道的黄金季节。我选择星期天带上高年级的两个男生，去寻访陶公岭古道。因为路远，我们很早就起床了，乘坐小镇开往县城的第一趟客车。到了白溪镇，我们又翻山越岭徒步十五里，来到陶公岭古道。在古道入口处，我们遇到了一位身材魁梧的老人，他说自己是村里退休的小学老师。"古道前面有什么村？"我好奇地问。"下陆家村！"老人看上去有七十岁左右，面色红润，说话底气十足。他戴一顶宽边的草帽，脖子上围着一条擦汗的白毛巾，手里捏着一把长柄锄头，腰身挺直，看上去挺有精神。他打量了一下我们，问："你们来古道干吗？"我说："慕名而来，对古道感兴趣。"老人开心得眯起了眼睛，说起古道，如数家珍。他擦了一把脸上的汗，说："古道始建于南朝，历史上的陶弘景据说曾经隐居此地。诗人陆游的祖父曾在古道上结庐著书。村里这些年在整理历史文化，打算把陆游的《陶山遇雪觉林迁庵主见招不果往》《自上灶过陶山》等诗镌刻在古道的崖石上。村里的老板在集资修复陆游祠。"说到这里，老人问我们，"去过上陆家村？"我们似懂非懂地摇头。老人爽朗地笑了："会稽山的陆家村，分上、下两个陆家村。"老人说着摘下草帽，耐心地给我们解释，"这附近一带的人，传说在清朝康熙年间从上陆家村迁徙而来，所以我们这里叫下陆家村。上陆家村是千年古村，早在南宋之前就有人在那里隐居。如果你们对古道感兴趣，应该去上陆家村走走。古道在下陆家村有一个岔路。研究历史的人讲，古道与两个陆家村有联系，但不知道其中的奥妙。"

"这倒是一个挺有价值的信息！"我向老人道谢，转而问两位学生，"你们谁知道上陆家村？"

两位学生都摇头，说可以约时间去走一趟古村。他们眼里都充满期待。

两周后，我们选了一个天气晴好的星期天，专程去了一趟上陆家村。从地理上讲，小镇到上陆家村的距离，与到陶公岭古道的距离差不多。大眼睛男生徐涛发现这里似乎存在一个等腰三角形的秘密。"感觉更像等边三角形，"高鼻梁男生叶平眨着一双黑溜溜的眼睛说。此时，我在想古道与古村之间的关联。陆老师的老家就在这村里。我们沿溪流绕着古村走了一圈，从外围欣赏古村，几乎是清一色的明清建筑，白墙黑瓦，随地势错落有致地排布。进村有两条路，我们选择山脚下一条清静的石子路。我们问了一位在溪边水坑洗菜的老大娘，她很热情，直接带我们来到了陆老师家。"不好意思，他家没人。"大娘尴尬地指着陆老师家的两间旧居。黑色的大门紧闭，外面挂着一把生锈的铜锁。大娘转身去敲陆老师家邻居的门，热心地帮我们问陆老师的去向。邻居是一个身材矮小的老头儿，手上皮肤皲裂，正拿着烤熟的番薯在吃。他告诉我们，陆老师退休后经常在外面跑，听说这些天有可能去了甘肃或新疆。

我们在古村漫无目的地走着。两个学生在比较哪幢民房年代久远且更气派，哪个院子规模更大。他们争论不出个结果时，让我一锤定音。这样，不知不觉走在古村的时光里，似乎时间流逝得特别快，但我想到的问题依然没有结论：古道与这个古村的关联——是建筑的风格，是地理的坐标，还是人文风俗？这关联背后的主角是陆老师。这时，我们在村口碰到了一位留着花白胡须的长者，他头上戴着一顶山里人的乌毡帽，身穿蓝布长衫,脚上穿一双布鞋,像武侠小说中隐居的高人,令人敬畏。当我向他询问时,他手捻胡须,上下打量了我们一番,说:"没听说过有什么关联。陆老师这人我听说过,但很少碰面。古道也很多年没去走了。"

从上陆家村回来,我想方设法搜集陆老师的照片,想从照片上获得一些信息。在镇文化馆新布置的文化长廊宣传栏里,我发现了一张陆老师退休前给小镇村民讲座的照片,时间是去年秋天。但照片在橱窗里日晒雨淋,褪色严重,陆老师的表情显得十分模糊,眼神隐约可见。

我这样想,假如与这位大名鼎鼎的历史教师走在古道上,看一下他的眼神,我就能知道他在思考什么,他在古道上关注什么,探寻什么。现在,看照片上模糊的眼神,我很难想象,确实无法联想。

一天,我应邀在镇文化馆参加古文化村落保护研讨会。一个偶然的机会,在一本资料画册中看到了陆老师的几张清晰的照片。文化馆的赵馆长介绍,以前镇政府召开这类会议,陆老师都是作为专家代表重点发言,所以每次会议都会留下一些照片资料。我看到了最近两年陆老师在会上发言的神态,精彩极了——他前额饱满,理着平顶短发,目光如炬,神采飞扬。赵馆长说,陆老师对古道文化的研究,功底深厚,他们每次请他参会，都能听到他振聋发聩的真知灼见，受益匪浅。他由衷敬佩陆老师近二十年专注于一件事——研究并推广会稽山的古道文化，但他同样困惑——他推了推鼻梁上的眼镜，仰着脸，似乎在寻找答案。赵馆长说："我们曾经建议在镇内挑选几条古道，专供陆老师研究，而且按规定拨年度研究经费，但陆老师研究的兴趣在会稽山另一乡镇的古道上。"他无奈地摇摇头。

我沉默片刻说："与你一样，我也想搞清楚其中的原因。"

赵馆长回忆起我们学校参加镇政府举办的教师节慰问活动，那天陆老师在他的寝室里讲了对古道的研究："会稽山的每一条古道都有灵魂，都是压抑的心灵通往自由的延伸。"赵馆长说："这是陆老师的原话，我印象很深，精彩！古道是祖先心灵释放的最好通道，是一部探寻祖先灵魂的历史。这应该是陆老师的学术观点。"

我认同。陆老师的这些观点，学校里年轻的老师们在交流。现在，我们释放心灵的方法很多，可以唱歌跳舞，还可以去雨后的溪滩上玩。

赵馆长凭窗眺望，若有所思。

"你在想陆老师的退休？"我开玩笑。

"是的，多少有点儿遗憾。"赵馆长说，"否则，镇文化馆可以牵头组织一个古道文化研究团队，经常开展学术文化交流。"

我告诉馆长，他的遗憾也是我的遗憾。为了与陆老师交流，我现在需要借助他的照片，看照片上他那双睿智的眼睛，这样似乎可以与他进行穿越时空的对话。

赵馆长冲我笑笑，摆摆手对我说："陆老师不喜欢拍照，也不喜欢和大家合影。他喜欢一个人走古道，喜欢与古道上的古树、飞鸟对话交流。他有许多想法与众不同。"

不久，学校调整了教师寝室。这件事深得人心，受到教师们的欢迎。校长有言在先："要大幅度提高学校的升学率，首先要解决好教师的住宿问题。"这样，原来两人一间的教师寝室，调整为一人一间。我们刚参加工作的教师，也有了私人空间。我的新寝室原来是陆老师的，我很满意。他的寝室在教工宿舍楼的最西边，站在走廊尽头，可以眺望溪滩和连绵起伏的群山。星期天，我在整理寝室上层的水泥夹板，那里是视线不易触及的死角。我搬来小方桌，在上面放稳椅子，小心地把夹板层的杂物清理干净，发现了陆老师丢弃的一些旧报纸和杂志。其中有陆老师写给他侄子陆小明的信件，引起了我的好奇。我小心地掸去信笺上厚厚的灰尘。我很欣赏陆老师书法一样漂亮的钢笔字。手稿上有多处圈改或删除的地方，这样更能激起我窥看的欲望。这天晚上，校园特别安静，远处传来溪滩上潺潺的流水声。我坐在台灯下，全神贯注于陆老师留下的书信，竟然没听到对面教学楼传来的下课铃声。陆老师给侄子写信的风格让我想到了傅雷家书。他在信中祝贺侄子在高考中取得好成绩，告诉他专业的选择尤为重要。他建议侄子报考杭州大学历史系，这建议背后道出了陆老师今生的夙愿。他在信中直言：

"……这些年，我一直在研究会稽山陆家村的历史，外人以为我痴迷研究古道。当然，我们陆家村的历史与古道有关联，这是后话。祖传的家谱在特殊的历史时期被焚烧，许多记忆都是在我古道上行走时再现的。你说这是不是很神奇的现象，但我不能对外人讲。现在，每次走在古道上，我越来越相信这里的上陆家村与下陆家村，历史上曾经是一家。我们这些后人应该是诗人陆游的后裔？我在考古中发现，联系两个陆家村的是一条神秘古道，古道的尽头是另一古道'陶公岭'，这里有一条岔道通往上陆家村。岔道是更古老的山道，有千年以上的历史，但在祖先陆游回乡时才被人发现。我探寻的灵感大多是在岔道上徒步时形成的。跟你简单说说我们陆家的这些事——会稽山有多少陆家，我尚在研究统计，但这些陆家有多少源于陆游的家族？这正是我研究的核心。历史上陆家的后代在南宋灭亡时可谓满门忠烈。陆游的玄孙陆天骐在宋元最后一战——崖山战役中宁死不降，跳海殉国。陆游的曾孙陆传义在崖山之战后绝食而亡。从那时起，陆游的其他子孙后代，面对国破山河碎，拒绝了元朝的征召，开始隐居会稽山林……"

这是陆老师研究会稽山古道的原动力？我推开窗，摘下眼镜，在台灯下不断地揉着眼眶。其实，我的眼睛不疲劳，此时正在兴奋点上，这是我晚上看书的坏习惯。发现了秘密，难免让人激动，我甚至情不自禁地哼起了《国际歌》。

在写给侄子的另一封信中，陆老师坦陈了自己复杂矛盾的心理："历史有时需要大胆假设，小心求证。你日后会发现，会稽山的所有古道都是有生命的存在。我虽然不敢妄自揣测陶弘景隐居古道的动机，但我想知道八百年前祖先在此隐居的真相，更想知道他们在古道上留下的故事。我期待在古道上与祖先不期而遇，我有这种预感！这是许多人不能理解我探寻古道的真正原因。历史的记忆有一条线，时间本来就是一条看不见的线，串联着过去与未来。我在思考的另一个问题是人的宿命与家族的命运。这些年我基本走访了会稽山各处的陆家，包括越州城里和城外几个名门望族，以及陆游的外婆家。这些陆家与祖先陆游存在怎样的关联？需要花时间梳理。除此之外，我还在研究祖先们为何选择在陆家村安身，始于哪一年……你研究得越深入，故事越多，但未解之谜也越来越多……这是历史研究的魅力！"

我到宿舍楼的走廊上望了一会儿夜空中的星星。这是我在大学读书时养成的习惯。仰望星空时，人的精神最自由，可以漫无边际思考问题。我回到台灯下，陆老师孤身一人走古道的原因，已经像皮球一样浮出我的脑海。从那时起，陆老师希望家族中有人与他一道研究这些问题。他留下的手稿，前后有五封信与侄子谈论这个话题，从时间跨度上看，长达一年以上，从侄子填报大学的专业，到新生阶段的学习。

"……基于自己的研究，我有一个大胆的设想：祖先陆游的爱国思想源于古道，源于和他祖父在会稽山隐居的那段生活，但目前这还是历史研究的空白。许多陆游传记中极少提及会稽山古道对他一生的影响。其实，最初探寻古道是我业余生活的一部分，后来我发现古道与祖先有联系，现在我通过研究发现祖先的爱国情怀源于古道。这是古道的神秘之处，也是古道存在的价值。如果说历史上有哲学小道，这里就姑且说是爱国古道吧。事实如此，后来陆家隐居山林古道，远离了元王朝的征召……"

在我静心阅读陆老师留下的手稿时，校长敲门进来了。他来看望我们这些改善了住宿条件的年轻人。他没有在我的寝室坐下，而是站着环顾一周，意味深长地说："你的寝室与当年陆老师的风格有许多相似之处。"我惊喜地问校长："相似之处？"校长说："你们都喜欢会稽山兰花，书桌上喜欢摆放用山林溪滩上挖来的花草做的盆景，喜欢自己搭设简易书架，连窗帘上的图案也差不多，你们都喜欢山水风景……"校长一口气说了这么多相似之处，我不由自主地笑了。"但有一个地方明显不同，"校长突然眯起双眼，审视着我床对面的墙，"你喜欢在墙上张贴电影女明星，陆老师不喜欢，他喜欢挂地图，而且是他自己手绘的会稽山地图。"

校长走后，我来不及细细思量他的话，继续埋头阅读陆老师留下的手稿。陆老师在另一封信中告诉侄子，他现在工作和生活被固定在一个巨型的三角区：学校—陆家村—古道，在地理上呈一个不可思议的等边三角形。他相信这是命运的安排。更令人期待的是，他们家族的真相或许将被揭开，像新娘头顶上的神秘面纱。但现实总有不尽如人意之处，他在研究中已经注意到一个事实：陆游有一个哥哥陆淞，生卒年均不详，生前一直在会稽山之南的天台县为官。陆淞的后人主要居住在天台及周边。清朝嘉庆年间编的《陆氏宗谱》记载较详细："天台陆氏始祖，讳淞，字子逸，号达观，宋右丞相农师公之孙，内阁中书居安公之长子也。"陆老师在信中说，他欣赏陆游，推崇陆游，但研究结果或许令人失望，因为陆淞的后代确有一支在明朝成祖时从天台县城迁入会稽山腹地，自己有可能是陆淞的后代？为此，他需要谨慎的历史考证。

"我们在面向未来时，可以选择自己喜欢的专业，选择人生的伴侣，等等，但我们无法选择历史。面对过去，我们只有尊重历史，敬重我们的祖先。"陆老师在手稿上留下这句话，用红笔在句子下面画出一条粗粗的线。任凭岁月流逝，红线依然十分醒目。

这些手稿，夹在1987年第七期《历史地理知识》杂志内，纸张早已发黄，上面留有多处涂改痕迹。我判断这些信件应该都已发出了，留下手稿是为了以后与侄子继续在信中探讨交流？至此，陆老师近二十年研究古道的谜底基本揭晓。外界传闻只是茶余饭后的闲聊，古道上的那位漂亮的村妇是否真的存在并不重要。我把这些手稿和杂志整理后放在一个文件袋里。我想见到陆老师时亲手交给他，给他一个惊喜！

不久，迎来了学校的五十周年校庆，这一天，我期待与陆老师见面。学校早在一个月前就向他发出了邀请，我准备了一些问题，想当面请教。另外，我选择了一个有校庆标志的地方，打算与他合影，这应该很有纪念意义，我想好了照片的主题——历史与未来。照片放在墙上的镜框里，与电影明星在一起，让看到我俩合影的人去联想吧。但直到庆典结束，我始终没有见到陆老师。招待晚宴开始不久，办公室主任哭丧着脸把我拉到洗手间的走廊，悲切地告诉我，陆老师不能来了。我以为他忘了时间，或乘坐的客车途中抛锚了。

"都不是，他永远来不了了！"主任痛苦地垂头，悲痛地说，"他乘坐的客车出了车祸……"

一个月后的一天，镇文化馆的赵馆长来学校办事，顺便找到我的寝室。他敲开门，站在门外愣了好久。"这不是陆老师的寝室？"他进门后，用探询的目光看着我，整个人变了，与我在文化馆见到的大不一样。他的眼神出奇地茫然，疲惫地凝视着我，仿佛在回忆起一件久远的往事。他的目光让我有点儿不安。赵馆长摸着贴满了女明星画报的墙面。我好奇地问他在干吗，他诡秘地一笑，双臂交叉在胸前，说："陆老师寝室的墙上挂了一幅巨大的手绘会稽山地图，其中有一条醒目的古道是用红笔勾画出来的。地图上有两个村庄——上陆家村和下陆家村，用了他喜欢的兰花图做标注。"

我说搬到这寝室时，四壁空空，从未见到过地图，但我想起了校长来我的寝室说的话。

赵馆长说："地图是神秘的。陆老师的重要信息，据说都在他的手绘地图中。不夸张地说，地图是他的世界，是他生命的时空，包括他的过去与未来！"我惊讶地看着赵馆长，他却风趣地说："这不是我说的，是陆老师自己说的。他站在地图前，曾经像给学生上课一样对我一五一十地说。"说完，他展开双臂，做了一个合抱地图的动作，惹得我哈哈大笑。我想他做这怪异的动作，一定是模仿记忆中的陆老师。

我让赵馆长坐在一把藤椅上。他右手扶在椅子上，左手握着茶杯，在窃笑。他说当年在陆老师的寝室里，他也是这样坐着，陆老师坐在他对面的床沿上，和我如今的位置一样。"历史真的有惊人的相似之处。"赵馆长大口喝着茶，神情放松了，脸上有了笑意。他不断回忆起一些细节，回忆他与陆老师的一次争辩——关于上陆家村与下陆家村在历史上是否属于同一个家族？还有一个长时间探讨的话题——会稽山的陶公岭古道在上陆家村存在一条岔路，因为岔路，上陆家村形成一个看似神秘的三角，隐藏在群山深处。现代人无法理解古人留下岔路的合理性。赵馆长说："但不论怎样理解，'古道是祖先留下的生命密码'，陆老师的这句话不无道理，我印象深刻。"

"关于地图，陆老师在这个寝室里讲过一件神奇的事。"赵馆长望着墙面迟疑了一下，"地图确实是陆老师亲手绘制的，给我的第一感觉是神秘。他参考了中学版的乡村地图，主要呈现的是会稽山的上陆家村和下陆家村，核心是两个村之间的古道。地图画好后一个星期，他曾经说，有一天半夜醒来，看到墙上的地图有无数闪光点，他起床后走近一看，原来是地图上的古道在闪光——他白天用彩笔描绘了一遍。那天晚上，他估计自己是面朝地图睡着的。后来，他梦见了地图上的古道。这是不可思议的事，他无法解释——与现实中的古道不同，古道似乎离开地面浮在空中，远看有无数闪光点。后来，他在古道上遇到了一群游山玩水的人。其中有诗人李白，他在中学历史课本中见过；遇到了一群对唱山歌的担柴的樵夫；遇到了大队人马的官兵，他们的服饰像历史教科书中的少数民族；遇到了一群踏青的村民，他们身着不同服饰，让他想到不同朝代的祖先。有人在回头看他，有人在仰望蓝天，有人在关注古道边的花草……在这些古人中，陆老师说一定有他的祖先，但祖先不认识他。陆老师认为这很正常。祖先们认识古道，而且知道古道通往哪里，同样知道生命的通道最终通向哪里。

"然后，在梦里，他犯了一生中最遗憾的错误——这是他后来常常自责的事——他傻傻地站在古道旁，看那些古人一个一个从他身边走过。他说，那一刻他像没有生命没有头脑的石雕人。他应该跟随祖先们前行，这样就能知晓古道的过去与未来，知道走在古道上的祖先是谁。他长长地叹息：'梦里留下的遗憾比现实更残酷！'"

我听了沉默不语。

赵馆长却笑声不断，悠闲地摇着头说："这是事实，是他亲口对我说的！不可思议的地图，一个神奇的梦。"他停顿一下，"不过，陆老师自己很欣赏这个梦！"

"为什么？"

"因为在梦中的古道两旁，陆老师发现了许多盛开的梅花，这让他确信无疑——古道上这群游春赏梅的古人中一定有自己的祖先！"

我不由得赞叹陆老师超凡的想象力。我说："他一定研究过陆游的许多咏梅诗词。"

赵馆长说："可以这样理解！但陆老师后来有了他自己的解释——如果现实连接着梦幻，那么古道的终极连接着真实的陆家村，他最终想知道自己的祖先定居的陆家村。他说，他的研究距离寻找祖先的足迹应该不远了。"

我们这样无拘无束地聊着，突然，馆长的情绪有点儿激动："我怎么感觉自己一直在陆老师的寝室与你聊天？"他尴尬地站起来，转身打开了窗户，探头到窗外看看。他说："我第一次来陆老师的寝室时，就有这样不安的情绪，然后坐下来与陆老师滔滔不绝地谈论了整整一个下午。那天，我在他的寝室似乎从未感觉到时间的流逝，直到夕阳悄然进入房间，直到陆老师把寝室的吊灯、台灯全打开。"

我说："别说了，一定是你想念陆老师了。"

赵馆长说："不，感觉是陆老师回学校来了。"

千年古酒

本乡的历史学家认为，会稽山出上等好酒，至少有两千四百多年的历史。公元前473年，越王勾践出征讨伐吴国，曾经将数十坛好酒倒入一条小河，与将士一起迎流共饮，史称"箪醪劳师"。酒后，越国一举灭了吴国，勾践成就了春秋霸业。当年，河边饮酒声势浩大的场面，今天只能想象了。这场战争让历史铭记了勾践的"雪耻复国"和他的会稽山酒。两千四百六十年后的某一天，我的宿舍里来了一位年轻的陌生人。

他是真正的不速之客。星期天上午，校园里一片宁静，鸟在树枝上无聊地跳跃与呼叫。我想他一定是详细询问了门卫大爷，才找到了我的宿舍，因为我住的地方在校园很偏僻的角落。

他留着一头长发，穿一件旧的迷彩服，前额上有一道浅红色刀疤。他右手提着一个简陋的黑色旅行包，整个人仿佛从古墓中出来，一脸灰暗。

他看我惊愕的样子，站在门口自我介绍，说是远路的里山人（小镇的人喜欢称山里人为里山人），家住稽西的童村。我脑子里有一张会稽山的地理方位图，知道童村是千年古村。"我知道您是镇上大名鼎鼎的中学历史老师，知道古今中外许多事。"他声音浑厚，是地道的里山人。他在恭维我？看他一脸纯朴，一双眼睛乌黑而明亮，我请他快进宿舍聊。

"你过奖了。"我说，"在学校，我只是一个普通的历史老师。"我承认，会稽山小镇及附近一带有我的不少学生，他们喜欢上历史课，听我讲历史故事，这不假。我只能这样谦虚地解释。

他身上有一种味道，野外树林的泥土味夹杂着陈年落叶的气味。我说不准，但我想到了"古老"。他弯腰，坐在小椅子上，把包轻放在地上。他双手接过我递过去的茶杯，我发现他的手很粗糙，手掌很大。他喝着茶，沉默了一会儿，拉开手提包，小心地从一堆废旧报纸中取出一件陶瓷。"是一个精致的瓷瓶，但可惜断了一个小把柄。"我脱口而出，语气中带有淡淡的惋惜。在光线明亮的宿舍里，我只需看一眼瓶上的油光，就能大致看出陶瓷的品质。上乘的陶瓷,有一道高贵冷峻的光芒,神秘莫测。

里山人有点儿坐不住了,站起来说:"不错,这应该是一件宝物,但不小心被人敲断了把柄,作为古董也许值不了多少钱。我想请您鉴别一下陶瓷的年代。"他双手捧着陶瓷,一副恭敬的样子。

"这是古墓里的东西?"我帮这一带的人鉴别过一些文物。有意思的是一些年代久远的古董,大多从古墓中来。我是凭直觉问他。

他很诚实,点点头,但又赶忙解释:"我不是盗墓的。"

我让他重新坐在小椅子上,我自己坐在床边。我简陋的宿舍很小,只够一个人睡觉、吃饭、备课和写作,但前后窗户打开,光线很好。

我接过他手中的瓷瓶,仔细观察瓷面。它的造型优美,残缺也是令人惋惜的美。凭经验,这应该是上等的越州青瓷。从质地看,十之八九出自官窑。陶瓷底部有四个字"开宝元年",已经被人用手抚摸得锃亮。瓷瓶的腹部雕刻着一个"酒"字。

"这应该是北宋开国之初的酒瓶,距离现在有一千年左右。"我初步下了结论。

"我不清楚。"里山人摇摇头,一脸诚恳的样子,"这正是我来学校向您请教的问题。"

"但问题没有那么简单。"我直白地告诉他。

他有点儿蒙："为什么？"

我说："陶瓷是千年陶瓷，但里面不一定是酒，若是酒，也不等于有千年历史。"

他惊讶地说："这正是我想请教的第二个问题，里面是水还是酒？"

酒瓶密封得很好，做到了天衣无缝。我只能这样告诉他，这是北宋年间的一种酒瓶，这没错，但酒瓶不一定用来装酒，正如我宿舍里的铁皮米桶现在装着土豆与番薯。他听了哈哈一笑，说这道理他懂。

我随手将瓷瓶倒立在空中，轻轻地摇晃起来，一边摇，一边寻思：古人用瓷瓶装水的可能性不大吧。

他瞪大了眼，突然问我："密封的瓷瓶里为什么能听到酒晃动的声音？"

我一时回答不了。顺着他的思路，我想到了这是时间留下的神秘，是酒在瓷瓶里发声，还是陶瓷碰到酒的回声？但不论怎样，声音都与千年的时间有关。

他憨厚地笑笑，说这声音他也是第一次在我这里听到。在自己家里，他摇晃过酒瓶，摇得比我更小心，然后大脑一片空白，再次小心地摇晃，依然是一片空白。他想到了找一个人咨询，他问了邻居一位正在读书的女孩。那天女孩刚放学回家，在给院子里的山羊喂草。女孩的书包斜挎在胸前，她仰着一张红彤彤的笑脸告诉他，学校里有一位懂古代的许多事的老师。他讲的历史故事，学生们很爱听。现在，他和这位通晓古今的老师站在一起，但搞不清楚这声音的来源。

我明白他的意思。瓷瓶如果没有问题（一千多年过去了，应该没问题，否则里面还会有酒吗），那么应该是酒的问题。此酒经历千年，已非普通酒。酒在密封的陶瓷里发出的声音能穿越千年，依然清脆动听。我说："你想说的是这意思？"

他有点儿腼腆地点头，他内心希望是这样的结果，于是十分肯定说："这千年的酒一定与众不同！"

我却故意惹他："如果是酒，这酒非同一般，你敢喝吗？"

他满脸通红地嘻嘻一笑："我多年不喝酒了。"

"为什么？"

"我喝酒容易出事，不是打架就是骂娘。三年前因喝酒闹事，被警察抓去过一次。"

我重新打量了他一下，发现这个里山人的手臂特别粗壮有力。再看他的脸，从上到下找不到一块横肉。

就在这时候，里山人说："您再摇摇酒瓶，摇到七七四十九下，您听听瓷瓶里的声音是否与刚才的一样。"

　　我将信将疑地看他一眼，但还是很好奇，毫不犹豫地捧起瓷瓶轻轻摇晃起来。他在边上帮我数着，到了四十九下时，他细声细语地说："停！"他小心地接过我手里的瓷瓶，然后双手递到我的耳边。

　　"听到一种新的声音了吗？"他一副兴奋而神秘的样子，笑着问我。

　　我因长时间摇晃，感觉头有点儿晕，但还是轻微地听出了异样的声音。

　　"像'咝咝'的金属断裂声！"他凑近我的耳朵，"是声音在瓷瓶里发生了剧变？您能解释一下原因吗？"

　　我有点儿蒙，遇到了新的挑战。我只能含糊其词地说："这可能与千年陶瓷和千年古酒的质地变化有关？"

　　"我昨夜梦里还想到了您说的这个问题——酒瓶里的酒随时都有可能给人意想不到的惊喜！"里山人压低声音告诉我一个秘密似的，"清明节前一天，一个外地的中年妇女来村口卖古董。妇女的眼皮上有一个疤，鼻子偏塌，说话瓮声瓮气，说这酒瓶是宝贝，识货的人买去，保证升值。我身上没钱，后来与她讨价还价，用我爷爷参加游击战时留下的一枚银币加一把断柄的军刀跟她交换。我要求她讲清楚瓷瓶的来历。她嘟囔着，说从盗墓人那里进的货，只知道这瓷瓶有千年的历史。对了，她还不耐烦地挑着眉毛告诉我，如果瓷瓶完好无缺，根本轮不到我在这里与她讨价还价……"他喝着茶，"我一直怀疑那女的丈夫就是盗墓的，山里有这样的家庭。"

我呵呵一笑，拍拍他厚实的臂膀，问："她告诉过你瓷瓶里是什么吗？"

"没有，"他摇头，"她的兴趣全在钱上。后来是她帮我出的主意——用我家值钱的文物与她交换。"

我让他静下来回忆一下。他想了想，说："那女人头脑简单，他们需要一笔钱去南方打工。他们不在乎酒瓶里是酒还是水。"

我再次捧起瓷瓶，边摇晃边旋转，然后凑近了闻。他站在窗口，说："我已经闻了好多天。开始不敢摇，每天闻酒瓶，早上醒来闻一闻，后来隔天去闻，至今还是闻不出什么名堂。"

他说得没错，谁也不知道瓷瓶里装的是酒还是水。

里山人站在窗口的阳光下继续回忆，说他曾寻访过村里的一些老人。这里的风俗是，不论男女，墓里都会放一些生前的物品，会稽山的酒是必不可缺的。

"因为山里的男人女人都喜欢喝当地的酒。"他说的话我相信。据传，南朝时的陶弘景与后来的陆佃曾隐居会稽山，生活从俭，鱼肉可省，一日三餐唯有会稽山的酒不可少。

里山人诚恳地说，他今天请教的最后一个问题，是他纠结了多日的问题。他曾经想把密封的酒瓶打开，答案自然明了。我听了哈哈大笑，说这确实是最简单的方法。但他说出了一件很复杂的往事——那天，他用剪刀、螺丝刀正要撬开酒瓶时，突然听到一个声音。"一个很神秘的声音似乎从窗外传来，但绝对不是鸟叫的声音。"他记忆犹新。后来，神奇的事发生了，平时简单的脑子变复杂了——他猛然想到一个问题：一旦瓷瓶不再密封，空气、阳光，包括身边的味道都会趁机溜入瓷瓶……那瓶里的酒，还是千年古酒吗？

我惊讶地看着他，没有别的奇思妙想。"我同意你的观点！"我说，"时间酿成的千年古酒，只能密封在时间里。一旦离开时间，最好的酒也是现在的酒、普通的酒。"

听说我同意他的观点，他感到很意外。他一高兴，让我再次摇起那瓶里的酒。这次是他想听瓷瓶里的神秘声音。他将左耳紧贴在瓷瓶上，笑嘻嘻地说："瓷瓶里的声音一直在变幻，像金属的敲击声，又像泉水的流淌声，但都经历了千年的沉淀与酝酿。"

我试探着问他："你会把陶瓷酒瓶卖掉吗？"

他说："如果您想要，我卖给您，保证价格优惠。"

我身无分文。实事求是地说，我的工资买不起这宝物。我说："你为什么愿意卖给我？"

里山人说话直爽："要卖，我只卖给识货的人。"

我发现他是一位走南闯北的生意人，见识过不少客户。我问他："做这生意有多少年了？"

"四五年吧。但这生意不好做，风险大，发不了财。"他显得诚实低调。

我看他人老实，心想帮他一把，尽我所能。

我带上他和酒去了学校的实验室。节假日，我保管着实验室的钥匙。我让他穿上学生的白大褂，戴上一次性口罩和白手套。他惊呆了，以为我要玩什么魔术，有点儿不自在。其实，我只是想给他一个明确交代，感谢他对我的信任。他垂手站在一旁，一副随时听命的样子，一双眼睛比刚进我的寝室时明亮多了。我在实验桌上用仪器和放大镜给酒瓶全方位扫描，将酒瓶上的每一角落进行放大验证。我让他也参与。他在仪器上看酒瓶，果真吓了一大跳，惊讶不已。酒瓶确确实实完好无损。这时，他突然从口袋里掏出了打火机，想打火验证一下酒瓶是否在透着酒气。我见状一把收走了他的打火机，并大声警告他，古酒只可玩到这里，万一点燃了酒，千年的能量一旦释放，后果谁也无法预料。他听了脸色惨白，一双手不由自主地发抖。我知道他已经清楚了千年古酒处理不当的严重后果。很快，我将他和酒瓶一起带离了实验室。

重新回到寝室，我问站在一旁的里山人："这瓷瓶打算怎么处理？"

他低着头，小声说："没有打算过，来了就想听听老师的意见。"我建议，他可以赠送给越州博物馆。他一听，急忙摆摆手，说怕引出麻烦，因为他找不到那塌鼻子的中年妇女，更不知道这酒瓶是她祖传的还是盗墓所得。我们喝着茶，默默地看着对方。突然，我想到了一件事。我说："帮你联系一个朋友？"

他惊喜地问："是什么朋友？"

"他是《越州商报》的记者。一周前，我在报上看到他写的一篇报道——有台湾和香港的老板愿意来会稽山投资办酒厂。"我在床底的报纸堆里找到了这份报纸。他急不可待地翻阅着报纸上的新闻。

"是一个好消息。"他兴奋地拍一下大腿。我假装有兴趣地试探着问他："你的酒瓶会卖出怎样的高价？"

他努了努嘴，得意地说："不卖！我有了主意。"

我们坐下来聊他的主意，聊了他的设想，聊了可能出现的情况，聊到了最好的预计与最坏的打算。我知道这完全是一种海阔天空式的聊天，但我挺欣赏他的想象力。他显得不好意思，说小时候自己最喜欢做的事是在山坡上放牛羊，坐在树下的草地上，手捧一本童话书，望着蓝天白云胡思乱想。

聊到最后，里山人说让我帮他做一个推理分析，他想知道瓷瓶里的液体究竟是什么。我理解他此时的心情，又不想让他失望，有点儿像安抚在课堂上提问的学生："明天吧，明天告诉你答案。"

他问："为什么？"

"我希望晚上做一个好梦，梦里有人告诉我完整答案。"

他听了开心地冲我笑了笑。

我见他对陶瓷酒瓶真心痴迷，就把我的老师沈群教授所著的《会稽山青瓷简史》一书给他看。他如获至宝，双手在衣角边一擦，捧着书翻阅起书中的彩色插图。他看到书的前面和中间的几页彩陶图，手指着其中一张，说："我在古董市场上看到过和这款样子差不多的陶瓷。"我告诉他，这不是陶瓷，是陶罐。

"是这一带的陶罐？"他问。

"是的，但陶瓷与陶罐是有区别的。"我只能简单告诉他，这幅插图上是战国时期会稽山的陶罐。陶罐粗糙，像有耳朵的酒壶，腆着肚子在笑。我说这是典型的春秋战国时期的陶罐，制作粗疏草率，装饰简化，胎质松软，朝上的一侧有釉，朝下遮挡的部位往往不见釉。

他很仔细地听着，忽然有了奇怪的想法："我能找到会稽山最古老的酒吗？"

我说，理论上应该存在可能性，但对此最早的文字记载在公元前473年，越王勾践曾经将会稽山的好酒倒入一条小河，并与将士一起迎流共饮，而后出征讨伐吴国。这在历史上称为"箪醪劳师"。

他兴奋了，说："如果在地下挖到此酒，就太值钱了。"

我说："可能性不大，因为勾践将手中仅有的大坛美酒全倒入河中与将士们共饮。再说，理论上两千六百年后的酒还是酒，但实际上此酒非常酒。"

里山人告辞时，已是中午，我留他吃饭，他说还有别的事。他说："下次见到你，我请你喝酒！"他走的时候，我竟然忘了问他的名字。

一年后，我在小镇供销社的大院里再次遇到了里山人。我自然问起了那个神秘的古陶瓷瓶，想不到他热情地拉上我的手，说去酒店喝一杯。席间，不待我开口，他便说："我知道你要问那陶瓷酒瓶。"他干上一杯，用手抹了一把嘴，"不是我命好，是那瓷瓶天生贵人命——命里遇到你这样的贵人，遇到你那位记者朋友介绍的台湾高雄的商人。商人买了它，酒瓶在他公司的贵宾室橱窗里，像神灵一样被供着。"

里山人一喝酒就打开了话匣："现在是职业所需，我又喝上酒了。"他像做了错事的学生在老师面前解释，表情多少有点儿无奈。他说，那位高雄的老板此前花了三个月时间，考察了整个会稽山区的投资环境，放弃了原本打算投资轻纺和茶叶加工的想法。投资会稽山酒厂的灵感，来自那瓶千年古酒——这是老板的原话。高雄的老板曾经让他陪同在会稽山小镇一带考察。有一天，在太阳快落山时，他们发现小镇西北二十里的罗村是一块风水宝地，老板把酒厂地址选定在那里。

这是我在会稽山小镇听到的又一个结局完美的故事。一瓶古酒引来了招商投资，也算是为地方经济做了贡献。

我问里山人现在是否还在收集古董文物。

"那生意有风险。"他从西装口袋里掏出一张名片，名片上的名字是古月军——酒厂的销售经理。

"你姓古？"我问。

"是的，我这姓氏在会稽山很少见。"他放下手中的酒杯，整理一下西装，"我查了古书，我们祖先是后唐、后晋时期从山西南迁到这里的。"

"与那陶瓷酒瓶的年代差不多。"我说。

"是的。以后跟你多学点儿历史知识，感觉在业务销售上挺管用。酒有了文化，身价也涨。其实，人也一样。"他红着脸，笑得可爱。

我点头赞同,但心里一直在揣摩:物一旦沾上文化,成了"文物",身份就不一样了。

他说,他有两份工作,除了推销,他还在做"千年古酒"的宣传。"老板的酒厂是先有千年古酒,后有企业文化。"他说得挺有故事,"现在酒销售得很好,在东南亚和欧美都有很好的市场。"

我最想知道他的古陶瓷瓶卖了多少钱,但话到嘴边,里山人举起了酒杯:"干了!"满满一杯酒下去,我的兴趣被酒精架空了。我想到的是一年前梦中真的出现了陶瓷酒瓶,如果他有兴趣问我,我一定趁酒劲告诉他梦里的完整答案。这时,他在注意边上的几个顾客,他们在聊让自己海量的秘诀。他没提一年前我许诺的梦,或许忘了。我后来也没说,因为那毕竟是一个梦……

陶瓷瓶里装的液体是酒是水,已经不重要。我想有时间去高雄老板的酿酒公司看看——像神一样被陈列的古陶瓷瓶在什么位置?那瓶里神秘的千年古酒,你说,价值多少?

爱的教育

　　杨小华成为教育名师，用了十年时间。《会稽晚报》的记者在颁奖现场采访时，以"十年磨一剑"为题报道了杨小华的事迹。记者问他此时最想说的是什么，杨小华坦诚地说："此时此刻最想感谢一个人！"职业敏感让记者捕捉到了这背后的新闻。颁奖晚会结束后，记者两次赴会稽山白岭中学对杨小华进行面对面的采访。下面的故事来自记者的深度采访——

　　孙兰娟是杨小华在越州师院的同学，他们在大学里是一对恋人。毕业时两人约定——"在天愿作比翼鸟，在地愿为连理枝"——只要在一起，去哪儿工作都行。他们在毕业分配的志愿栏上填写：两人在一起，服从组织安排。

白岭中学地处会稽山偏僻的山村，他俩被安排在这里工作。那时，这里还没有城乡公交客车，但当地政府已经承诺未来几年内一定实现山区村村通车。中学校长孙长根是一位五十出头的数学教师，面色黝黑，有些秃顶。他是新官上任，喜欢年轻有为的大学毕业生来学校，且多多益善。现在，一对年轻的恋人像一对蝴蝶双双飞到学校，就像美丽的会稽山神话故事，大家猜测一定是有高人在校园施了魔法，校长哈哈一笑。他声称不再操心年轻人来到学校又不安心在山里教书的烦心事。他期待有更多年轻人来此安家落户，投身于山区教育。

其实，孙兰娟和杨小华纯粹是奔着教育而来，并没有校长后来逢人就夸的那么崇高的献身精神。他们知道山区什么都缺，水电、交通、物资……而最缺的是教育。校长每年向教育局申请要人，每年得到的答复都是看下一年的指标，因为整个会稽山区的师资，包括中小学和幼儿园，都十分紧缺。学校目前还有不少民办教师和代课教师，这都是二十世纪八十年代的旧账。

孙兰娟是英语教师，可以优先分配到城里的重点中学。越州一中的校领导曾带队在她毕业前两个月来师院考察，采用的面试是直接听她的实习课。孙兰娟在课堂上的形象与气质令人印象深刻，她口语纯正，懂行的听课老师赞不绝口，都说听她的课是一种艺术享受。他们欢迎她毕业后直接去他们学校工作，不提任何条件。她知道这是向她抛出的黄金"绣球"，是天上偶尔掉下的诱人"馅饼"，也是对她的实习的最好褒奖。但她与杨小华有约在先，他去哪儿，她就去哪儿。杨小华在毕业前三个月被会稽山镇的人才战略小组预约抢到，其中有白岭中学那位孙校长"放长线钓双鱼"的谋划。孙兰娟到白岭中学的第一天，与杨小华手拉手站在静寂的操场篮球架下，她看到这里的白云与城里的不一样，轻盈透亮，在空中飘的速度也很缓慢。她感觉眼前的一切都很新鲜。跟着大学恋人来到陌生的会稽山，这是她的一个梦，她想知道梦里的一切。

据孙兰娟自己说，以她当年的高考成绩，她可以报考杭州大学，她考虑过报考杭州大学的新闻系，但最终选择了越州师院的英语系。她喜欢当教师，她对教育的热爱，来自她的家庭影响。她爷爷是民国时期越州师院的国文教授，死于1941年日本人的大轰炸。她父母是越州的小学教师，父亲孙国华著有《小学教育艺术漫谈》一书，是越州改革开放后的第一批教育名师。

孙兰娟和杨小华是在大三的一次联欢活动中认识的。两个人都相信爱情最神奇的"第一眼"。活动结束后，杨小华回到寝室，洗漱后平躺在床上，眼前晃动的始终是孙兰娟的身影。

他想闭上眼睛休息一会，但脑海深处浮现的还是她那双水灵漂亮的眼睛，那双会说话的眼睛仿佛让他无处藏身。他相信命中的机缘。第二天晚上，他借机去她的班级找到了她。她陪着他在夜色朦胧的校园里散步。他喜欢她高挑丰满的身材和一头披肩秀发。她欣赏他一张坚毅刚强的脸，喜欢迎合他深邃的目光，与他默然对话。他们开始是漫谈式的，谈校园风景和人生理想。后来，杨小华转移话题，谈到了自己感兴趣的教育研究——越州山区中小学的教育模式。他这是投石问路，很普通的套路。她听了却怦然心动，感到非常吃惊，因为师院的学生很少去关注山区教育。她心里清楚，绝大多数学生关注毕业分配，忌讳到山区教书。但她不在乎这些，她认为爱好山区教育研究，与爱好书法、画画、写作是一样。她自己天生对教育感兴趣，喜欢"不入虎穴，焉得虎子"的那种闯劲。她认为教育研究终究是身外之物，只是一个人的兴趣爱好。他爽朗地笑笑，认同她的理解和看法，不认为自己在做一件崇高的事。但她又告诉他，真正的教育研究很枯燥，甚至是一种牺牲。她以自己的父亲为例。他在月光下默默关注着她的脸，似乎明白她话中的含义。此时此刻，他想真切地从她漂亮的眼里读到更多有价值的信息。一阵风吹来，他确信她脸上幸福可爱的表情，是对他最好的理解与信任。他心情一激动，却压低了声音告诉她，他参加了班主任张建明教授带领的课题团队，是团队的重要成员。她听了赞许地朝他莞尔一笑，说她完全支持他的教育研究。这是他们的共同语言，就像小提琴的和弦共鸣一样。他开心地仰天大笑，明白了所谓的爱情总是不经意间从天降临，幸福有时让人感觉像星空一样神秘灿烂。他毫不犹豫地拉起她的手，把她拥在怀里。就这样，他们在校园里恋爱了整整一年。一年后，她随他来到了会稽山的白岭中学。

白岭中学的教育目标十分明确。校长多次在教师会议上强调学校的生存策略——众所周知，抓高考升学率。这样的教育理念从山区政治、经济和文化的实际出发，与杨小华在大学时的研究思路基本一致。在理论上，杨小华反对应试教育的一些急功近利的做法，但他同时认为教育应该贴近社会现实，他相信黑格尔的"存在决定意识"。不久，孙兰娟在实践中有了自己的发现，她把课堂教学当作自己在会稽山的"实验室"，除了每天一记的日记，她还做了详细的课堂记录，开始从自己的视角思考整个山区教育的未来。她参加了学校的几次教学会议后，又积极报名参加会稽山区的中小学教育研讨会。在会上，她有更多机会与山区的中小学教师们进行交流，对山区孩子需要什么样的教育，她有了比较成熟的看法。她对人们理解的教育本质与未来产生了质疑。但她知道，一旦提出自己的观点，就意味着她与杨小华意见相左，那是一件很尴尬的事，尴尬背后是一阵或是永久的痛苦。她能预见可怕的后果。有几次，她从睡梦中惊醒——她在梦里的溪滩上找不到他。有时，他们牵手走过一片松林，她突然发现手心空空，手里捏着的竟然是一把枯草，她一个人坐在溪流边，哭肿了双眼……

许多年后，杨小华在她的遗物日记本上第一次读到这些，内心无比震惊和悲哀，一度崩溃，痛苦不已。他感到愧疚像轮回一样永无止境。

他们俩工作一年后，参加了在越州国际大酒店召开的首届会稽山中小学教育研讨会。会稽山区一百多所学校都派教师代表参加。他们俩按会议通知报名，并在一个多月前提交了参会的论文。经大会组委会审核，杨小华获得了宝贵的七分钟发言。但在小组研讨会上，孙兰娟抓住机会阐述了自己的观点。她是因为冲动，还是蓄谋已久？她自己也说不清楚。事后，她知道这是一念之差。她举手要求自由发言，获准后从容上台。面对自己的同行与众多学校领导，她侃侃而谈，像在课堂上面对孩子们一样，轻轻松松地谈了她的一些想法。她提出了与杨小华截然相反的观点——爱的教育。她认为教育的本质是爱，学校和教师应该更关爱学生，关注学生的全面成长，杨小华的教育是现实的"十年树木"，但我们更需要"百年树人"，需要文化的创新与传承。许多教师听了，都说有振聋发聩之感，受益匪浅，回学校后需要在教学实践中深入思考。

会议的简讯，一周后以文件形式邮寄到各学校。校长在办公室仔细阅读了简讯全文，从字里行间感受到了百花齐放的教育之春。他为杨小华和孙兰娟在大会上的精彩发言喝彩，虽然他俩的观点不同，但都代表了学校的实力与影响。想到这里，他隐约感到一种潜在的危机，不是来自不同的教育观点，而是观点背后人的情感。校长发现他俩对立的观点代表了各自的性格。他喜欢年轻人在校园里有学术自由，百家争鸣更有利于教学相长。为此，校长在全校的教师工作会议上，鼓励大家大胆探索教学方法和教育思想，在学术研究上相互促进。会后，校长特意找来杨小华和孙兰娟，在办公室与他们谈工作、谈生活。他先是一脸诚恳地自我检讨一番：因忙于学校工作，对他们关心不够。其实，校长心知肚明，知道他们来校一年了，感情依然停留在大学时代，脸上难免露出惊讶的神色。校长看到了问题的症结，但又无能为力。他擅长的是做人的思想工作，但对复杂细腻的情感问题没有十分的把握。他把泡好的两杯茶推到他们面前，嘻嘻一笑："教育的观点是越辩越明，人的感情是越交流越深。年轻人感情丰富，有利于人生幸福。但人生幸福需要靠双方彼此理解与不断努力！"杨小华和孙兰娟望着热气腾腾的春茶，一边点头，一边记着校长的话。校长用手挠着头顶，满意地看着一脸认真的两个年轻人，他真心希望从此有奇迹在校园发生。

据后来的统计，孙兰娟在白岭中学工作的三年时间里，先后在《现代教育》《教育观点》和《中小学教育理论》等杂志上发表七篇文章，系统阐述了自己关于爱的教育理念。杨小华在学校图书馆阅读了她的每篇文章，每次阅读都在他心里点燃蓝色的火苗，他的教育观点应运而生。他同样选择这些杂志投稿。有时，他独自站在星空下的操场上，静寂中想到的是他的稿子正与她的稿子一起躺在编辑的办公桌上。编辑那双文人的手，一会儿把他的稿子压在她的稿子上，一会儿又把她的稿子抽上来，压在他的稿子上，如此反复，犹如舞台上打斗的戏。终于，在1989年第六期《教育观点》和第十期《中小学教育理论》上，他俩的文章同时出现在《学术争鸣》和《教育视野》栏目。编辑部的用意十分明显，希望引起读者对不同教育观点的广泛关注。编辑的用心良苦也让他们俩感受到了观点对立的尴尬。

在会稽山区教师年度论文评比时，孙兰娟的论文《试论山区中学生素质教育的若干思考》名落孙山。那天，参赛的老师们现场进行交流，由各学校的领导和资深教师评委评分。散会时，杨小华看到一位资深教师在会场一角安慰孙兰娟。从侧面看，孙兰娟在专注地倾听，手里还拿着笔记本认真地做着记录。三个月后，她的这篇论文被著名杂志《教育视野》全文发表后，不久又被权威杂志《教育报刊资料》全文转载。这些情况校内教师无人知晓，因为学校图书馆没有订阅这两份重要的杂志。杨小华不遗余力地在校园里介绍《教育报刊资料》和《教育视野》在教育理论界的巨大影响力，又宣传了孙兰娟的学术成就。有人立马打了一个经典比方，说这是"墙内开花墙外香"，这种现象自古就有，司空见惯。杨小华当即大声疾呼："年度论文的评比不公平！"校长隔着玻璃窗听到了，亲自来到杨小华的办公室，看到一群老师围在那里，便心平气和地跟大家说："这个时代需要理性。你们年轻人不是很欣赏黑格尔的名言——凡是存在都是合理的吗？"校长见大家不发表意见，接着说，"对'墙内开花墙外香'也要一分为二地分析，凡事有一个过程，'开花'是现象，不是本质。"校长是数学专业毕业的，但他喜欢哲学。

孙兰娟是在一周后某天的课余时间知道有"墙内开花墙外香"这回事的。她在课余休息时被一群学生追到教室走廊上讨教，身边的语文老师告诉了她这件事。语文老师以为她听了之后会既开心又伤心，所以选择在她满脸笑容地给学生答疑后告诉她。想不到孙兰娟听了淡然一笑，说自己不是花，是会稽山的草，从未想到飘香过墙，去校外炫耀。她后来收到一些教育杂志社的邀约函，有北京、上海，以及南方一些城市的杂志编辑部向她约稿，也有邀请她参加研讨会或学习考察的。她收到得多了，只好复信婉转地告诉编辑老师，建议他们将此类邀约函发到学校。但事实上无济于事，学校里老师们出差的经费历来紧张，校长能做的就是"一碗水端平"。她不想麻烦学校，不想校长为自己的出差破例。她开始节衣缩食，暑假自费参加了《教育新思维》杂志社在上海举办的一次国际教育研讨会。她认识了来自美国、英国、日本和澳大利亚的教育专家，她与他们交流时，她的名字留在了国际教育信息平台上。她坚信自己的教育观点面向未来，可以走向世界。那一刻，她真的想把中华五千年的教育文化和博大精深的教育理念介绍给国外，与他们进行深入对话。她认为，教育与科学一样无国界，但教育工作者和科学家一样有自己的祖国。

孙兰娟每次给杂志社投稿时，都会向编辑阐述自己撰写论文前的想法，她的诚心诚意往往会打动编辑。她看到了会稽山一百多所学校每年上演的生源大战——高考或中考升学率排名背后是高价挖名师，家长出钱请家教。她认为这不是教育的初心和本质，而是教育的假象，远离了自己做教师的誓言。于是，她计划用一年时间实地走访会稽山的所有学校。

有一段时间，她邀请杨小华一起参与调研，但教育观点的差异，让他们有了各自的调研路径。这时候，她开始反思自己的观点——把学术研究与教育实践相结合，她意识到现实与理想的巨大差异。许多学生家长信奉读书为了改变命运，"书中自有黄金屋，书中自有颜如玉"，这是千百年来教育的现实。她那些天晚饭后一个人去溪滩上散步，思考问题，风雨无阻。有一天晚上，突然下起雷雨，她临时找到附近一座神庙，一道闪电恰好从神庙屋顶滚下，似乎在神庙大门不远处炸响。巨大的惊雷几乎为她而炸，闪电在黑夜中彻底照亮了她深不见底的思想。她在雨后的日记上写道："是天在助我？可为什么没有更多的人被雷电惊醒？"第二天上午课间，她在办公室听到了昨夜雷电的巨大威力——学校操场靠溪边的白杨树被闪电腰斩，小镇上立在公路边上的巨大广告牌被闪电劈成两半。一个学期后，学校宣布了最新的决定：杨小华被破格提拔为教务处主任，兼学术委员会主任。孙兰娟看到文件的这天下午，终于明白了一个道理——面对未来，不论教育还是人生，我们都将在生存中谈理想、求发展。晚上，她去杨小华的寝室祝贺他。她一个人喝了半瓶红酒，她要让自己高兴、兴奋。她去杨小华的寝室没有带鲜花，给了他一个真挚的拥抱——一个在他记忆深处熟悉的、能让他感受到她的心跳的拥抱。他想吻她，她用手捂住自己发烫的左脸颊，说晚上喝酒了，而主要是这些天走累了，牙一直在疼。

那段时间，杨小华和孙兰娟都感觉——自己的教育思想与对方有裂缝，而且裂缝在不知不觉中扩大，甚至容易产生断裂，但他们似乎都抱定顺其自然的态度，各抒己见。许多年后回忆往事，杨小华认为这有些不可思议，但那时他们做出这个选择，意味着舍弃一些宝贵的东西，不论他还是她，内心的痛苦非常人所能想象。他们各自挽救过，甚至挣扎过。

孙兰娟提出的教育理念，学校从领导到教师大多认为脱离了实际，比较虚，像美丽的晚霞，好看但触摸不到。甚至有偏激的人认为，孙兰娟的观点是赤裸裸的投降主义——向高考升学率缴械投降。这些人的观点刺痛了她天生高贵的心，从此，她走在校园是孤独的，她的观点在校外同样孤独，孤掌难鸣。她在梦里有感觉——整个会稽山对她保持了沉默。那时，山外的同行对她爱的教育有刮目相看的，也有提出质疑的，毕竟她的教育理论来自会稽山区的现实生活，教育的对象是经济落后、交通闭塞、群山环抱的山村。很长时间，孙兰娟没有放弃自己的教育研究，她清楚自己的研究的特色与价值。后来，她对山区特色的教育有了越来越清晰的认识。那些围绕现实的教育目标，其内涵和外延是永不固定的，类似于海上台风的移动，所以难以界定。这个事实使她明白了，为什么我们面对教育总是有那么多困惑和迷茫。起初她想，爱的教育是神圣的，似乎是神的规定，但经过探索与思考，她更想说，爱的教育是仰望星空，像神一样的存在。她看到的现象却是许多人在教育的迷宫里踯躅，走过许多楼梯和过道，却始终寻找不到方向与目标。她研究了国外的教育，同样存在搭建教育宫殿时产生的结构问题，无数教育工作者手捧教材进入教育的迷宫后，茫茫然感受到迷宫的辉煌与伟大。她相信这是人类的梦，是梦中伟大的建筑，却依然缺乏人类的爱。但许多人乐此不疲，继续走在教育迷宫的回廊和反旋的楼梯上。她必须把它彻底抛弃，要在会稽山的现实平台上搭建自己理念中的教育宫殿，这样的宫殿必须有山区教育的特点。她为此有耐心，更有信心。

在她苦苦思考的那些日子，杨小华保持了晚饭后跟她去溪滩散步的习惯。虽然两人教育观点相左，但校友兼朋友的身份不变。他们心里都有对方，但都坚持自己的教育理念。而让杨小华内心久久痛苦的是，因为他，她选择了来会稽山区工作。他终日内疚不已，从他的眼神中能清楚地看到这一点。为此，孙兰娟喜欢在他面前日复一日地赞美会稽山的溪滩和溪流，不断挖掘会稽山的不同美景。她说这里有世界上最宁静的溪滩，而这样的环境在城里无处可寻，这是上帝的安排，让人在这里静静思考，这是人生的幸福。他们在溪滩上依然手拉手，偶尔她会调皮地给他一个拥抱。他则在惊喜之余给她的脸颊一个热情的吻。那一瞬间像溪滩上的一阵春风，吹散他们心中的闷闷不乐，又轻快地吹起他们年轻的衣角，让青春欢快的心随溪水顺势而流。于是，他们谁也不否认观点冲突，顺其自然，却成就了他们对教育理念的不同探索。对此，杨小华在心里默认一切，其实，这也是对自己的最好安慰。

他们俩最后一次双双出现在人们的视线中，是在学校操场对面的溪滩上，两个人情侣一样相依散步。这是6月的一天，落日长滩，晚霞似火，景色十分优美。校园的操场上站着许多刚结束了期末考试的学生，也有一些教师，他们在紧张忙碌了一天后，欣赏着溪滩上美丽的画面。他们俩走在画中，在谈些什么？无人知道。

一周后，学校放了历史上最长的一个暑假，从7月2日到9月5日。

新学期开学第一天，听到孙兰娟辞职的消息，许多老师惊呆了。他们纷纷找杨小华询问原因，一些人的言语中难免有压抑不住的愤怒和无意间责备的味道。

关于孙兰娟辞职，杨小华之前什么也不知道，这是真的。那天，他在校长面前委屈得像一个小孩，声调悲切，眼泪汪汪。他想转过身去，痛痛快快找一个无人的地方哭一场。校长的头发更少了，拍着他颤抖的臂膀，劝慰他："人各有志，走的与留下的，我都能理解。"

孙兰娟在离开学校时给杨小华留下了两封信。信是暑假期间写的，都邮寄到了学校，这意味着杨小华要等到开学才能看到她信中提到的辞职的消息。她不想在自己办理辞职期间有人打扰。信中，她简单地告诉他，自己的教育理想是爱的教育，所以她想去贫穷地区支教。她在第二封信里告诉他，她的决定不是任何人能理解的，包括她的父母。她说得对，杨小华也无法理解。他还接连做了两个噩梦：一个是他们俩在溪滩上遭到洪水围困，快淹没头顶时，他被自己的呼喊惊醒。另一个梦是在无人的荒漠，开始是他们俩在一起走，后来分手了，他找不到她。再后来，他走不下去了，因为荒漠孤寂，而且海拔越来越高，他喘不过气……但他尊重她的选择。他在她辞职离校后长达三年的时间里，没有在报刊上发表教育类文章。他有时一个人去溪滩散步，漫无目的地走着，长时间反思自己的教育观点。他静坐在寝室的走廊上，面对苍茫的群山，想到的是教育的孤独无助与理论的空白。他忽然想到，孙兰娟的存在原来是对自己的教育理念的最好慰藉。

她去了贵州山区支教。还有人说她去了川西高原的大山，那里的孩子们同样需要爱的教育。

她在支教的路上越走越远，一路向西，到了西藏。在一次去西藏墨脱的路上，因发生车祸，她不幸遇难。这是1993年8月。

她在西藏支教的同事整理她的遗物时，按照她的遗嘱，将两本厚厚的教学笔记本从拉萨寄给了远在会稽山的杨小华。收到孙兰娟的遗物时，杨小华大脑一片空白，他怀抱遗物，双手颤抖，泪如雨下。他有三天时间不说一句话，人走在校园里，像一根移动的木头。

他每天晚上都会打开她的笔记本，读得很慢。笔记本的最后一页是孙兰娟的遗言，她愿意用自己的教育实践，为他的教育事业铺路垫基。她说，笔记本上有自己的许多教学案例，可以供他日后研究参考。

在孙兰娟遇难的第二年，杨小华重点关注她的"爱的教育"，他发现教育的内涵随时代发展而不断丰富。孙兰娟的遗产中有许多合理的教育元素和对未来教育的先进理念，他把自己的研究领域进行调整与扩展，从目标教育到素质教育，再到面向新世纪的爱的教育。一个有趣的现象给了杨小华全新的启迪——有一个星期天的下午,他从溪滩散步回来,在寝室的走廊上发现了小蓝。小蓝也发现了他,直立起后腿,摇动尾巴,用前爪欢迎他。小蓝是孙兰娟的闺密——图书馆的吕老师的一条狗,它与杨小华他们同一年进学校。进校时,它什么也不懂,出生才半年,见人一个劲地狂吠,连校长的裤管也敢撕咬。现在小蓝五岁多了,鼻梁上的一撮标志性蓝毛,飘逸帅气。杨小华招招手,把小蓝邀请到自己的寝室,给它找好吃的红烧肉和面包,抚摸它的前额和鼻梁,逗它玩,让它开心。但他发现小蓝变了,变得郁郁寡欢。他想到了孙兰娟。在校园里,小蓝最喜欢的人是孙兰娟,而吕老师只是它的监护人。孙兰娟经常去图书馆的阅览室。小蓝小的时候,她看书累了休息时,常带它或抱它玩。她说过,小蓝是会稽山最有文化的狗,因为它每天闻到的是书香,看到的是书和杂志,它记忆中最多的场景应该是老师们在阅览室看书。如果它是学生,它的素质将全面发展,它的身体素质也是一流。孙兰娟生前甚至怀疑,小蓝能听懂她讲的爱的教育。

在孙兰娟的眼里,教育就像神创造了人类文化,普及万物生灵,又创造了未来。

教师从事的教育工作,是微不足道的事,仅仅是个人的谋

生手段；而神圣的、崇高的、必须敬畏的，那就是知道什么是
教育。人类的教育不是在迷宫中，而是在永恒的轮回中，从古
到今，都是因为爱。

十年后，杨小华成功了。他成为越州的新一代名师。其间，
他离开了会稽山，进城后结婚安家。他在自己工作过的白岭中
学，设立了自己的教育研究工作室。他没有忘记当初的承诺：
一切为了山区的孩子们。工作室的墙上挂满了荣誉牌匾，有一
部分是复制的，还有他参加国内外学术会议的照片，其中有一
张特别醒目的照片被放在中间——这是很多年前他和孙兰娟参
加第一届会稽山区教学研讨会的集体合影，他们站在第二排中
间，两个人肩并肩在一起。这张合影下方是他们参加小组讨论
的照片，孙兰娟在发言。他们在会上明眸闪烁，神采飞扬，青
春激荡，但能读懂这两张照片的人不多。杨小华说，他对教育
进行探索研究的故事从这张照片开始——两个人教育思想上的
分歧。最后，他们形成各自的教育观点，但事物都是对立统一
的存在，没有她的观点，也就没有他的教育思想。

后记

　　相信人的记忆有其不可思议的一面。有些往事始终让你清晰记着，有些往事却在你的记忆中早就模糊，还有一些往事，你已彻底忘记。那些留在记忆中的往事，无疑是生命中重要的一部分，也是人生极具意义的元素，当它们化作文字，便可以穿越时空。有人写成了诗，有人写成了散文，而我在这里选择了小说。

　　在我的记忆深处，永远有一辆开往会稽山的客车，即使四十多年过去了，依然清晰可见，风雨无阻。

　　汽车在开往会稽山的盘山公路上，我一直都在欣赏车窗外的风景，那是1983年8月的一天，我大学毕业，提着简单的行囊，去分配的学校报到。

车窗外是陌生的世界，但它吸引了我。不是因为它的陌生，而是因为那与众不同的秀丽风景。那天，我一直在车上凝神地看着车窗外的世界。那天，我从未想过这是命运的安排，其中有我一生的宿命。

许多年后，每当思考人生与命运时，我总是想到会稽山，想到那天进山去学校报到的沿途风景。不管工作还是生活，一切都是最好的安排，我至今深信。

我大学一毕业就去了会稽山工作，在那里工作生活了七年，留下了许多美好的记忆。如今，那所中学已经不存在了，我走过的、玩过的、逗留过的山村，也消失了。那里现在是一座大型水库，我熟悉的许多故事沉睡在碧波荡漾的水库底下。而你现在读到的可能只是那些浮出水面的部分，正如海明威所说的"冰山一角"，但我还是期待这些"诗与远方"的存在，能让你认识和喜欢我的会稽山。

这是一部讲述会稽山地域文化的小说集，写作始于2020年春天。最初，我是写会稽山一个女土匪的故事。作协的朋友说，可以写成会稽山系列小说。于是，我记忆中会稽山的许多人文和自然元素出现在小说中，会稽山的溪滩、芦苇、古道、神庙等文学符号纷至沓来。这是一种不自觉的写作行为，后来，它变成自觉的写作时，我用了一年多时间写了二十多篇小说，其中十二篇收在这本书里。2022 年 1 月，宁波市鄞州作家协会和评论家协会专门为我的小说举办了一场研讨会。会上，一些专家建议我以"诗与远方"为题编辑出版小说集——他们认为我的系列小说都有"诗与远方"的唯美意境。会稽山在历史上确实存在一条著名的唐诗之路，亦是一条文学之路。而我喜欢眺望远方，这是我在会稽山工作生活时养成的习惯。虽然许多时候我不知道远方是什么，但诗与远方里有我的喜欢和期待。

以会稽山地域文化为题材创作小说，是我在文学创作中从不自觉到自觉的一次精神归附。

会稽山是什么？对我而言是文学。说到历史上的会稽山，山的显赫与辉煌曾经名震华夏。二十世纪八十年代，我在会稽山工作生活那些年，喜欢上了文学。开始是学习写诗歌，然后学习写小说，但目的不过是更好地认识会稽山，也为了改变自己的命运。许多年后，当会稽山重复出现在我的小说中，正如作家西格弗里德·伦茨所说："叙述，是理解的更好方式。讲故事为我提供了一种契机，让我能对某些困扰、某些经历有更清晰的认知。"

如今，记忆中的会稽山是我的精神故土、诗意栖居的家园。

这些小说从不同角度讲述了教育改变命运、探求人生价值和追求幸福爱情的故事。

感谢在会稽山的所有遇见，感谢那里的溪滩、溪流和芦苇，感谢溪滩上的篝火，感谢那里的红杉林，感谢千年古道，感谢我生命中的"诗与远方"，感谢生活中慈祥的外婆，感谢梦中神秘的太极鱼，感谢迷途中的陌生人，还有历史悠远的古越酒和越王宝剑……因为这一切，我在会稽山工作生活的七年里，有了更多的文学情义和文学意义。

现在，我经常梦见会稽山，梦见那里的远山、星辰、溪流、神庙……莎士比亚说过，我们是用与我们的梦相同的材料做成的。一场梦环抱了短暂的一生。

如果这样，但愿我梦中的记忆像会稽山的水和空气一样永恒。

会稽山给了我文学创作的最初动力和写作素材，我用这本《诗与远方》来回馈会稽山在文学上对我的养育之恩。心念恩情，思忆来处，我怀念会稽山的一草一木。

饮水思源，缘木思本。在会稽山，文学所在的地方，就是我梦中的"诗与远方"。

本小说集的出版得到了浙江省及宁波市作协领导和朋友们

的关心与指导，在此深表谢意。

感谢北方文艺出版社的编辑老师为本书出版提供的热情帮助。

倪田金

2024 年 12 月